A TODO RITMO

JESSA JAMES

A todo ritmo
Copyright © 2020 Por Jessa James

Todos los derechos reservados. Ninguna parte de este libro puede ser reproducida o transmitida en ninguna forma o por ningún medio electrónico, digital o mecánico incluyendo, pero no limitado a fotocopias, grabaciones, escaneos o cualquier tipo de almacenamiento de datos y sistema de recuperación sin el permiso expreso y escrito de la autora.

Publicado por Jessa James
James, Jessa
A todo ritmo

Diseño de portada copyright 2020 por Jessa James, Autora
Imágenes/Crédito de la foto: Deposit Photos;melis82; feedough;shime02; anterovium

Nota del editor:
Este libro fue escrito para una audiencia adulta. El libro puede contener contenido sexual explícito. Las actividades sexuales incluidas en este libro son fantasías estrictamente destinadas a los adultos y cualquier actividad o riesgo realizado por los personajes ficticios de la historia no son aprobados o alentados por la autora o el editor.

1

Serena Woods observó su reflejo en el espejo del baño, aliviada de que sus ojos no revelaran todo lo que sucedía detrás de ellos. Serena se hubiera echado algo de agua en la cara, pero su madre tendría alguna reacción médica adversa si ella tan solo pensara en arruinar el maquillaje perfectamente aplicado que tenía. Tal vez un infarto o un derrame cerebral.

Ella tal vez debió haber comido más de un aperitivo en la cena, pero con su madre sentada a su lado, había sido imposible comer la comida principal. Y fue imposible disfrutar el pobre salmón de la forma que lo merecía.

Así que ahí estaba, en el pequeño vestido de diseñador seleccionado y comprado por su madre, con otro feroz dolor de cabeza que fue causado indudablemente por la obsesión de su madre en las últimas semanas al querer asegurarse de que Serena entrara en el vestido esta noche sin problemas.

Serena suspiró y terminó de lavarse las manos, luego se dirigió al salón de baile donde estaba realizándose el evento de caridad. No iba a decir sus pensamientos traicioneros en voz alta, pero odiaba demasiado ser arrastrada como un pony de exhibición. Su madre siempre insistía en lucir como la pequeña familia perfecta. La única razón por la cual la mayoría de las personas donaba a estas caridades era solo por las apariencias, no porque de verdad les importara ni tuvieran pasión por estas causas.

Serena apoyaba completamente a las causas, pero odiaba estos eventos. La única ventaja era observar llegar a los invitados, los hermosos trajes de diseñador y evaluar en silencio si pensaba que cada diseñador lo aprobaría.

El evento de esta noche era en apoyo de una agencia local de servicios sociales que sus padres habían apoyado por varios años. Serena y su hermana incluso habían hecho trabajo voluntario para la agencia en la secundaria y ella estaba feliz porque la asistencia de este año había superado el récord del año anterior. Aparentemente una famosa banda había grabado su propio video musical para una nueva canción, ahorrando una cantidad considerable de dinero en el proceso. Luego la banda donó todo lo recaudado a la fundación.

Se habían hecho planes para que el video se estrenara esta noche y se rumoraba que algunos miembros de la banda realizarían una aparición. Serena no sabía quiénes eran, aunque su madre había mencionado el nombre en camino a la gala, pero no le sonó familiar. De igual forma, ella estaba agradecida por lo que habían hecho por la fundación. El incremento del interés por el evento fue sin duda gracias a la banda, así que fueran quienes fueran, ellos iban a alegrar a muchos niños sin hogar ni privilegios.

Serena avanzó a través del salón de baile mientras sus ojos azules recorrían todo el lugar en busca de sus padres. Ella no podía esperar para irse. Su dolor de cabeza estaba empeorando y solo quería llegar a casa, tomar una aspirina y quizás llamar a Bryan.

Bryan. Las mariposas en su estómago comenzaron a revolotear al pensar en su prometido y lo que la noche del día siguiente les tenía preparado. Ellos llevaban dieciocho meses saliendo cuando Bryan le soltó la pregunta hace aproximadamente seis meses. No fue algo totalmente inesperado, ya que él había comenzado a prosperar por su cuenta en el despacho de abogados que lo había empleado. Una nueva esposa brillante era el próximo paso en el plan.

Serena había aceptado ansiosa su propuesta, a pesar de que se había vuelto más arrogante y ostentoso con el éxito reciente que estaba teniendo. Serena pensó que seguramente era una fase por la cual estaba pasando y que una vez estuvieran casados el próximo año, él volvería a la normalidad una vez más. Bryan estaba trabajando tan duro que no pudo asistir a la gala con ella esta noche.

Serena sintió que Bryan había sido muy paciente con ella, considerando que llevaban saliendo casi dos años y todavía no habían consumado su relación. Sin embargo, mañana pasarían todo el día juntos y ella se quedaría en su casa por primera vez. Serena esperaba que eso no fuera lo único que fuera a hacer por primera vez...

"Serena", la voz de su madre sonó justo delante de ella. "¿Dónde has estado? Me gustaría presentarte al doctor y la señora Kent. Están en la junta de la fundación." Era claro que estas personas eran importantes para su madre, ya que sus ojos normalmente entrecerrados ahora estaban abiertos de la emoción. Serena se volteó para mirar a una pareja mayor de aspecto amable. "Encantada de conocerlos", dijo Serena mientras extendía una mano con amabilidad. "Serena Woods." Ellos dijeron sus saludos mientras ella le volvió a dedicar su atención a su madre. "Mamá, sé que todavía es temprano, pero mi cabeza me está matando, así que me iré a casa."

Los ojos de su madre se volvieron a entrecerrar de inmediato al escucharla, pero obviamente no quería causar una escena en frente de los Kent, así que solo asintió y le dio un beso al aire en la mejilla mientras murmuraba, "descansa, cariño. Te veremos en la mañana." Su papá también asintió una despedida, estaba concentrado con su conversación con el doctor Kent.

Serena no vio a su hermana, así que decidió irse sin despedirse. Conociendo a su hermana, probablemente estaba en alguna esquina besándose con su siguiente pretendiente. Y su hermana no se arriesgaría a sufrir la ira de su madre al ser atrapada haciendo algo tan inapropiado en un espacio público, así que ella dudaba que fuera fácil encontrar a su hermana.

Serena había venido con su familia, por lo que tendría que pedir un taxi afuera del hotel para irse a casa, algo que era algo emocionante para ella.

Estaba tan distraída con ese pensamiento que giró en algún lugar equivocado y ahora estaba en el balcón de lo que parecía el lado equivocado del hotel. Demonios. Miró alrededor en busca de un mapa que dijera su posición actual, pero no encontró ninguno. Sin embargo, en el balcón había un hombre que le estaba dando la espalda, aunque él había comenzado a voltearse apenas ella entró en el balcón.

Santo cielo. Serena podría estar comprometida, pero no era ciega y el hombre que estaba en frente de ella era tal vez la personas más apuesta que haya visto. Tenía cabello oscuro largo y ondeado hasta los hombros y aunque no podía ver el color de sus ojos en la luz tenue, ella podía sentirlos observándola. Sus labios estaban fruncidos. Estaba utilizando un traje oscuro que parecía hecho a medida, tenía tatuajes en una mano y se metían por la manga de su camisa. Él parecía estar absorbiéndola, atrayéndola con un campo magnético que hacía que cada cabello de su cuerpo se erizara y su estómago se sintiera cálido. Bueno, esto era incómodo. Y definitivamente algo que ella sentía que no debería estar experimentando con un hombre que no era su prometido.

"Disculpe, no quería interrumpir. Debo haber girado en la esquina equivocada al irme de la recaudación de fondos." Al decir eso, ella se volteó sin esperar que él dijera algo y avanzó rápidamente por el pasillo, su cara ardiendo de humillación.

2

"¿Dónde, señorita?" preguntó el taxista una vez estuvo ella sentada en el asiento trasero. Su primer pensamiento fue su casa, pero ella se dio cuenta de que sus padres probablemente se quedarían en la gala por algunas horas más debido a lo temprano que era. Una sensación de emoción la recorrió cuando ella dijo la dirección de Bryan.

Su nuevo apartamento estaba en un edificio moderno no muy lejos y ella conocía al portero, además del código de seguridad para entrar, así que ella pensó en sorprenderlo cuando llegara del trabajo. Tal vez podría cocinarle la cena, darle un poco de lo que tendría cuando estuvieran casados. Luego, pensó Serena, sonrojada y con timidez, que tal vez podría darle una probada de algo más. Bryan nunca le había hecho sexo oral, pero por lo que Mary, su mejor amiga, seguía diciéndole, era una buena experiencia. Se emocionó al pensarlo, todavía seguía excitada después del encuentro que tuvo con ese tipo extremadamente apuesto antes de irse de la recaudación de fondos.

Sí, esto es una buena idea, se convenció ella en silencio. Seguramente le encantará la sorpresa. *Quizás es muy intrusivo*, la ruidosa voz de su falta de confianza dijo en su cabeza. Serena comenzó a reflexionar. *No, si Bryan está cansado cuando llegue a casa o si se enoja cuando me encuentre ahí,* pensó Serena, *solo me disculparé y me iré.*

Su mente finalmente lo decidió justo cuando el taxista se estacionó fuera del edificio, ella pagó el viaje y saludó al portero mientras pasaba a su lado y entraba al vestíbulo blanco. Con sus caminos modernos y sus acabados de aluminio reflejante, este no era el tipo de edificio al cual ella se había imaginado que se mudaría algún día, pero no estaba nada mal.

El ascensor realizó un suave sonido digital cuando llegó para subirla a su futuro apartamento. Otro pensamiento emocionante pasó por su cabeza. Esto era lo más arriesgado que había hecho alguna vez. Era triste, ella lo sabía, pero no lo hacía menos verdad.

Sus padres eran muy protectores. Así que, a los veintidós, Serena se encontraba viviendo en casa y trabajando para la empresa de su familia con su madre controlando casi todos los aspectos de su vida. *No hay mucho espacio para aventuras salvajes ahí,* pensó Serena.

El ascensor la llevó directo hasta su piso y la dejó ahí con otro sonido suave. Serena se dirigió a su apartamento e ingresó el código de seguridad que él le había dado hace menos de una semana para que ella pudiera traer su ropa limpia una tarde.

Su apartamento no era enorme, aunque parecía muy espacioso debido a la buena arquitectura. Era de un dormitorio con un concepto abierto y un comedor que se mezclaba a la perfección en la sala y la cocina y con un balcón a un lado. La renta era muy costosa en este lado de la ciudad. Bryan había optado por este lugar en vez de un lugar acogedor con tres habitación que ella había preferido, afirmando que este lugar estaba más cerca de su oficina, tenía una buena dirección y era una mejor inversión.

Lo primero que ella notó al entrar es que el apartamento no estaba tan oscuro y silencioso como ella pensó que lo estaría.

Las luces de la sala estaban encendidas, aunque habían sido bajadas de intensidad y había una música suave tocando en el sistema de sonido incorporado. Sin embargo, la música suave no fue el único sonido que ella escuchó.

También había gemidos. Gemidos femeninos ruidosos. Serena giró la esquina de la pequeña entrada y llegó a la sala abierta y ahí, acostada desnuda en el sofá que Serena había escogido, estaba una chica de cabello oscuro llegando al orgasmo. Encima de ella, penetrándola como si su vida dependiera de ello, estaba su querido Bryan con los ojos cerrados.

¡Qué demonios! Su estómago se revolvió, su boca se secó y su cabeza estaba dando vueltas como si hubiera tomado mucho vino. Serena debió haber realizado algún sonido involuntario, porque en ese momento Bryan abrió sus ojos y la miró directo a los ojos.

"¿Serena?" Bryan jadeó su nombre con inseguridad, como si pensara que sus ojos estaban engañándolo, pero ella estaba fuera de la puerta y de regreso en el ascensor antes de que él pudiera estar seguro.

3

Serena no tenía idea cómo terminó aquí. Su mente había quedado totalmente en blanco una vez que presionó el botón hacia la planta baja del edificio de Bryan, pero ahora se encontró tocando la puerta del pequeño apartamento de Josh en un edificio mucho menos impresionante.

Su amigo de la infancia abrió la puerta y solo necesitó mirarla a la cara antes de abrazarla.

"¿Mamá o Bryan?" preguntó Josh mientras su cara estaba en su pecho.

"Bryan", logró decir ella, las lágrimas caían rápido por su cara y estaban mojando su camiseta verde oscuro.

Serena no estaba segura cuánto tiempo estuvo ahí, llorando de forma patética en su pecho con la puerta abierta, pero eventualmente la llevó a su apartamento y cerró la puerta con una patada mientras la llevaba hacia la cocina.

"¿Qué demonios te hizo ese imbécil? Si te lastimó, Serena..." comenzó a decir Josh, sus ojos oscuros estaban iracundos y su largo cabello castaño caía sobre su cara. "No, no, no es nada de eso. Al menos no fue algo físico", dijo Serena. Serena se dejó caer en uno de los asientos en el mostrador de la cocina. "Yo quería sorprenderlo después de la cena de caridad. Bryan me dijo que tendría que trabajar hasta tarde y no podría llegar. Así que yo pensé que sería una bonita sorpresa si le cocinaba la cena para cuando llegara a casa. Solo que", ella se secó los ojos y respiró hondo algunas veces antes de continuar, "él ya estaba en casa. Y no estaba solo."

Serena había sido amiga de Josh desde que su familia se había mudado al lado de la de ella cuando ella tenía siete y Josh ocho años. Serena no necesitó decir nada más para que Josh avanzara y la abrazara otra vez. Josh pasó su mano por su cabello para calmarla mientras permitía que llorara. Josh susurró lo que ella asumió que eran palabras de alivio, aunque no podía escucharlas debido a sus sollozos.

Serena era horrible llorando y siempre lo había sido. Como resultado, ella detestaba llorar en frente de las personas, pero Josh la conocía hace tanto tiempo que eso ya no importaba. Además, no era como si pudiera detenerse.

Se quedaron así por un rato, con Josh acariciando su espalda hasta que las lágrimas se detuvieron y solo la dejó ir una vez que se quedó en silencio. Josh se volteó para encender la tetera antes de susurrarse, "No, algo más fuerte", a sí mismo, luego apagó la tetera. Josh abrió el refrigerador y sacó una botella de vino.

Para la mayoría de las personas, el vino probablemente no es considerado como "algo más fuerte", pensó Serena. Pero Serena no era una buena bebedora, así que el vino era suficientemente fuerte para ella. Si hubiera sido Katie, su hermana, o Mary, su mejor amiga, una botella de vodka hubiera sido más apropiada. Quizás incluso más de una.

Josh abrió la botella y sirvió dos copas enormes antes de regresar lo poco que quedaba en la botella al refrigerador. Él se quedó en silencio, esperando que ella hablara, sabiendo que sus pensamientos estaban enredados y que necesitaría tiempo para procesarlo antes de contarle el resto de la historia. Así que solo se sentaron, bebieron su vino en un silencio cómodo que solo podría haber nacido después de años de amistad. Luego Serena comenzó a hablar.

"Soy una idiota. Por supuesto que nunca iba a ser suficiente para Bryan. ¿Cómo diablos me hice creer que un tipo como ese sería feliz con una chica como yo para siempre? Deberías haber visto a la otra mujer, Josh. No me podría comparar nunca con una mujer así."

Josh permaneció en silencio, esperando que ella continuara. Su única reacción fue elevar las cejas levemente, como si ella hubiera dicho algo sorprendente. Aunque ella no podía imaginar qué, así que siguió hablando.

"Digo, ¿cuánto tiempo pensé que pasaría hasta que se diera cuenta lo aburrida que soy? O sea, lo conozco hace tres años. En realidad me sorprende que le haya tomado tanto. Maldición. Hemos estado juntos por dos años y todavía no lo hemos hecho. Bueno, yo no lo he hecho. Parece que él sí."

Al escuchar eso, Josh abrió la boca un poco y luego respiró hondo. *Mierda*, pensó Serena, *ahora lo he puesto incómodo*. El sexo era de lo único que no hablaban. Cada vez que el tema aparecía, Josh siempre mantenía la boca cerrada.

Serena le había preguntado al respecto una vez en todos sus años de amistad. Katie y Mary se habían estado riendo de sus experiencias sexuales una rara noche que todos se habían ido juntos al club y las dos se habían ido a la pista de baile luego de la conversación. Josh solo se había quedado sentado sacudiendo su cabeza. Serena no tenía duda de que definitivamente no era célibe, ya que lo había visto con muchas chicas con el paso de los años, aunque nunca con la misma por más de un par de semanas. Aun así, Josh nunca le ha dicho una palabra sobre sexo a Serena.

Su respuesta esa noche fue simple. "No es algo de lo que quiera hablar contigo", había dicho Josh y luego caminó hacia el bar, terminando con eficacia con las preguntas.

Muchos años después, aquí estaba ella, contándole todo. Serena sintió que era una experta arruinando cosas esta noche.

"Serena, cariño", dijo finalmente Josh, "Te conozco por más tiempo del que me gustaría admitir y créeme cuando te digo que no hay nada simple o aburrido en ti. Si Bryan no pudo mantener su pene en sus pantalones hasta que estuvieras lista, ¡entonces que se joda! Puedes tener algo mucho mejor que ese imbécil arrogante. Y no, no lo digo solo por decirlo. Deberías estar con alguien que adore el piso que tocas. No solo alguien que te dé las migajas de su tiempo y solo quiera una esposa trofeo para sus funciones de trabajo", dijo Josh.

Josh parecía genuinamente enojado. Al darse cuenta, ella también dejó ir su propia ira y permitió que él se desahogara por ella.

Se quedaron así por horas, hablando y bebiendo vino, aunque ella lloró en ocasiones. Eventualmente le escribió a su mamá para decirle que estaba con Josh y que los vería en la mañana antes de quedarse dormida en la otra habitación de Josh, todavía vestida en el pequeño vestido de diseñador que su madre había colocado en su cama para la gala de caridad. La gala parecía haber sido hace décadas.

4

Seis días. Eso fue lo que se necesitó para que su vida cuidadosamente planificada se fuera al infierno en una cesta. O tal vez en llamas era una mejor frase. Bueno, como quieran llamarlo, eso fue lo que sucedió.

Serena recordó los eventos de los últimos seis días en su cabeza adolorida. Era su segunda resaca de vino en menos de una semana. Para alguien que no bebía, esto era algo excesivo.

Serena había regresado a casa la mañana siguiente después de haberse quedado con Josh, solo para encontrar a sus padres y a Bryan en el lujoso salón de la casa muy bien ubicada de su familia. Aparentemente, él les había contado de su visita sorpresa a su apartamento la noche anterior y su salida. Y por supuesto, él había olvidado mencionar la razón de su abrupta salida y la había hecho parecer como una lunática hormonal.

Serena había mirado con incredulidad mientras su madre y Bryan la atacaban, cuestionándola y enojados por su comportamiento. Su madre le había reclamado por haber sido tan grosera de entrar en casa de Bryan sin permiso y luego por haber escapado y luego Bryan le había gritado algo de haberse atrevido a pasar la noche sola en el apartamento de otro hombro. También había hecho el comentario de tener el atrevimiento de solo "entrar" la mañana siguiente con la misma ropa de la noche anterior sin nada de vergüenza.

Serena los miró aturdida y luego hizo lo único que pudo pensar en ese momento. Se quitó el anillo de Bryan del dedo y se lo tiró a la cabeza. Sin embargo, su puntería no era muy buena. El anillo pasó de la cabeza de Bryan, atravesando el aire y aterrizando en el café de su padre, mientras él estaba sentado en silencio en una silla reclinable detrás de Bryan, observando la escena con los ojos entrecerrados.

Eso los había callado. "Madre", escupió Serena mientras se volteaba primero hacia ella, "Yo fui al apartamento de mi prometido, el apartamento en el que íbamos a vivir juntos. El cual lo ayudé a escoger y amueblar, si me permites recordarte. Fui porque estaba preocupada por lo mucho que ha estado trabajando y quería cocinarle una comida como una buena esposita. Solo que no estaba trabajando mucho, pero sí estaba *follando* mucho." Serena escuchó una fuerte inhalación luego de decir eso, aunque no supo de quién había sido, ya que la ira estaba haciendo que su cabeza diera vueltas. "Yo me fui porque él estaba ocupado follando con otra chica."

"Serena", respiró su madre, "¿cómo te atreves a usar ese lenguaje?" Serena la ignoró y se volteó hacia Bryan.

"Y tú, asqueroso..." Algunas palabras entraron en su cabeza, pero por cuidar el corazón de su madre, Serena prefirió decir, "¡Canalla! ¿Yo he estado planificando nuestra boda y es eso lo que has estado haciendo?" Finalmente le soltó todo.

El enfrentamiento a gritos terminó con su madre desmayándose – sí, así era de dramática – y su padre acompañó a Bryan a la puerta advirtiéndole que no volviera a aparecer otra vez en su puerta. Serena subió por las escaleras y fue a su dormitorio.

Serena se quedó encerrada en su habitación los próximos dos días, su padre y Katie la visitaron para ver si estaba bien. No le había hablado a su madre desde la pelea, pero por lo poco que la había escuchado cuando se había escapado de la habitación para ir a la cocina a buscar más té o helado, Serena descubrió que su madre estaba furiosa porque ella rompió el compromiso con "un hombre tan elegible" y lamentó que ella "no actuara como una dama y perdonara una indiscreción" en lo que ella describió como su "momento de debilidad".

Wow mamá, tanto empoderamiento femenino. No sé por qué nos permiten votar, había pensado Serena sarcásticamente al escuchar el discurso de su madre. Y de nuevo, esos eran pensamientos traicioneros que nunca se atrevería a decir en voz alta. Serena se había regañado por no hablar.

Tres días después de la pelea, su madre había abierto la puerta de su habitación y abrió las cortinas con tanta violencia que Serena pensó que se romperían, aunque eso no sería una gran pérdida, ya que con la última redecoración de su madre, ella había decidido que un rosado de princesa era un color apropiado para una mujer de veintiún años. Su madre ignoró los ojos hinchados de Serena y se sentó dramáticamente, pero con gracia en el borde de la cama.

"Bueno, Serena, como parece ser que tienes una especie de plan para tu futuro que no conozco, ya que el plan que sí conocía lo tiraste por la ventana con ambas manos, ¿podrías contarme lo que piensas hacer con tu vida ahora?"

Serena miró los ojos grises entrecerrados de su madre y fue embargada por una sensación de vergüenza. Su madre había trabajado duro para encontrar alguien adecuado para ella y había apoyado mucho la relación. Algunas noches se había quedado con ella hablando sobre los problemas que había tenido con Bryan y había estado planificando la boda los últimos seis meses.

"Lo siento tanto, mamá", murmuró Serena, las lágrimas que no se había dado cuenta de que tenía todavía estaban por caer. "Estaba tan herida y en shock que no consideré las consecuencias de mis acciones hasta ahora." Unas sensaciones familiares de vergüenza abrumadora y culpa comenzaron a llenar a Serena.

Su madre tenía razón, había un plan. Uno que su madre había armado con mucho cuidado y en el cual llevaba trabajando toda la vida de Serena y ella lo había destruido todo con una rabieta. Con razón su madre estaba tan enojada con ella. Después de todo, los hombres engañaban siempre, ¿cierto? De repente se preguntó si su madre le había perdonado indiscreciones de ese tipo a su padre, pero dejó esos pensamientos de lado. No, su padre nunca lo haría.

No obstante, Serena había escuchado historias interminables de sus amigos sobre los amoríos adúlteros de sus padres y sin embargo, la mayoría seguía casados. Tal vez eso venía con el territorio, ¿pero cómo lo sabría ella? Bryan había sido su primer novio serio y su madre nunca le había hablado de cosas así.

Serena pensó en cómo se había sentido en el momento en que miró la escena que estaba sucediendo sobre el sofá de Bryan y se sintió segura de haber tomado la decisión correcta. Al diablo el plan, lo que él había hecho era imperdonable.

"Lo siento, mamá. Solo sabía que nunca podría estar con Bryan después de lo que vi. Sé lo duro que trabajaste, pero te lo compensaré. Me inscribiré en la escuela. Trabajaré mucho y haré que te sientas orgullosa de mí", dijo Serena en voz baja.

Todo había salido tan rápido y ella había estado tan desesperada por decir algo que mejorara toda la situación, que por segunda vez en tres días, ella comenzó accidentalmente una discusión que cambia vidas.

"¿Escuela?" repitió su madre con frialdad. "¿Y en qué vas a estudiar exactamente, cariño? Llevas cuatro años fuera de la secundaria, no has aplicado a ninguna universidad y no tienes ninguna experiencia laboral además de ayudar en la empresa de tu padre."

Su madre tenía razón de nuevo. El plan para su vida nunca había incluido la universidad. Katie, su hermana, la cual había logrado escapar en parte del plan maestro de su madre, había insistido en obtener un título antes de sentar cabeza. Ella había insistido hasta que su padre finalmente convenció a su madre de permitírselo.

Katie era un año menor que ella y estaba por terminar su título. También había logrado mudarse a un apartamento fuera del campus en algún momento, aunque había reglas, por supuesto. Su hermana tenía que visitar la casa cada ciertos días, asistir a todos los eventos de la familia y su mamá seguía comprándole la ropa y la comida. Aun así, era mucha más libertad de la que tenía Serena.

Sin embargo, Serena había comenzado a trabajar en la empresa de su padre justo al salir de la secundaria. Había comenzado como asistente de un mánager de marketing de bajo nivel en Woods Co, el imperio de la familia que había sido comenzado por su abuelo hace sesenta años. Probablemente se quedaría en esa posición hasta que se casara y criara a sus bebés.

Así que estaba segura, ganaba un salario cómodo y razonable, se había vuelto muy buena en su trabajo y había desarrollado una rutina, todo mientras era vigilada constantemente por su madre.

Su trabajo en el departamento de marketing no era malo, ya que significaba que podía trabajar en campañas de publicidad para la empresa y en ocasiones podía conocer a los diseñadores principales. Ella era un poco más que una secretaria, en realidad, pero no era malo.

"Lo sé, mamá", dijo Serena, "pero he estado pensándolo un poco y de verdad quiero ir a la escuela de diseño."

Serena pensó en todos los borradores que había dibujado con el paso de los años, los cuales estaban ocultos seguros debajo de su cama y en el escritorio de su oficina y estaba considerando enseñárselos a su madre cuando se dio cuenta de que se estaba riendo de ella. "¿Escuela de diseño?" resopló ella. "¡Eso no es un plan, cariño!"

Y eso se convirtió en una pelea. Serena pasó los próximos dos días intentando en vano convencer a sus padres, pero su padre se había puesto muy enojado al sugerir que quería dejar la empresa para ir a la escuela, como si él hubiera estado interesado en que ella se involucrara más en la empresa.

De hecho, él se había quejado por no tener hijos que lo heredaran cuando estuviera listo para retirarse, pero no reconoció que sus hijas también podían hacer el trabajo. Él parecía feliz de permitir que su madre escogiera esposos apropiados para ellas, todo con la finalidad de tener un nieto que pudiera criar para que heredara su imperio.

Su madre se habrá reído al comienzo, pero cuando se dio cuenta de que Serena hablaba en serio, ella se puso más irrazonable. En algún momento de una discusión muy acalorada, Serena había sacado los dibujos de debajo de su cama y se los había tirado a la cara de sus padres. Un gran error.

Su madre se puso totalmente pálida, como si el hecho de que los hubiera dibujado fuera una traición y solo evidencia de que ella había estado planificando renegar del cuidadoso plan que su madre tenía para toda su vida. Su padre solo la había mirado antes de acusarla de robar el tiempo de su empresa si los había hecho durante el trabajo y luego se alejó resoplando.

Fue solo entonces que se dio cuenta. En vez de apoyarla luego de descubrir lo que Bryan había hecho, en vez de ayudarla a descubrir qué hacer, ellos se habían reído de ella, la habían ridiculizado, la habían culpado a ella por la indiscreción de Bryan, le habían gritado e incluso la habían acusado de robarles dinero.

Si de verdad iba a seguir su pasión y vivir su vida, Serena tenía que alejarse de aquí. Lejos de sus padres, su sobreprotección y sus caracteres controladores.

Le había tomado todo lo que tenía y Serena buscó todo lo que pudo por un poco de valentía, pero de alguna forma lo había logrado. Se había ido.

En ese momento bajó las escaleras apresurada, echó algo de ropa y artículos de higiene en una mochila y salió hacia su coche, les anunció a sus padres que se estaba yendo y que encontraría la forma de tener éxito por su cuenta.

No fue hasta que su coche estaba en la autopista y había conducido algo de tiempo que se calmó lo suficiente para darse cuenta de lo que había hecho. No podía regresar a casa y dudaba que pudiera regresar a su trabajo en la empresa. Su hermana vivía con tres compañeros en su apartamento, así que ir ahí era imposible y Mary estaba fuera de la ciudad por algunos días. Serena se dio cuenta de que debió haber pensado esto con más cuidado, pero ya no había vuelta atrás.

No tenía lugar donde vivir, no tenía un trabajo, no tenía mucho dinero ahorrado y no tenía idea cómo iba a lograr salir de su predicamento.

Serena volteó su coche y se dirigió en dirección del apartamento de Josh. Tal vez él le tendría lástima una vez más y le permitiría quedarse en su otra habitación hasta que Mary regresara. Al menos esperaba que estuviera ahí para poder desahogarse.

Y al parecer, él estaba en casa. Una mirada a su cara llena de lágrimas, sus hombros decaídos y su mochila de viaje fue todo lo que necesitó para llevarla a su apartamento sin preguntas.

Y resultó que Josh no estaba solo, pero él la había llevado directo a la cocina, le sirvió otra copa enorme llena de vino y le ordenó que se quedara ahí un segundo.

Serena escuchó un chillido de la sala, una voz femenina no muy contenta. "¿En serio, Josh, alguien toca tu puerta y ahora me estás echando? ¿En medio de qué?" dijo la mujer misteriosa casi gritando.

Josh había respondido en una voz tan baja que ella no pudo descifrar las palabras que le había dicho a la mujer. Pero ella pudo escuchar la respuesta de la mujer con claridad. "No me importa una mierda lo que sucedió. No puedes tratar así a una mujer, Josh. No puedes echar a una mujer segundos después de que tú... ¡Imbécil!"

La mujer ya estaba gritando a todo pulmón. ¿Podría haber escogido un peor momento para visitar a Josh?

Una vez más, la respuesta de Josh fue tan baja que ella no pudo escucharla, pero con la respuesta de la mujer no fue difícil descifrar lo que había dicho.

"No vuelvas a contactarme, Josh. De hecho, pierde mi número. ¡Púdrete!" y luego tiró la puerta.

Cuando Josh regresó a la cocina, ella notó por primera vez que él tenía el cabello despeinado y sus jeans estaban desabrochados, pero él no dijo nada. Serena se sonrojó.

"¿Qué sucedió, Ser?"

Serena había odiado ese sobrenombre al inicio. Después de conocerse de niños, él había decidido que la segunda parte de su nombre era redundante y había comenzado a llamarla "Ser". Con el paso de los años le agarró cariño y apenas lo escuchó, ella comenzó a narrar toda la saga de los últimos días.

Él le ofreció de inmediato la segunda habitación. Le dijo que se pusiera cómoda y se relajara y que iba a ayudarla a descifrar todo.

Y así fue como se despertó con la segunda resaca por vino en una semana y ahora no tenía idea lo que iba a hacer.

5

Había pasado una semana y no había cambiado mucho. Josh le había ofrecido amablemente que se mudara con él por ahora, diciendo que podría pagarle lo que pudiera para la renta. Serena había aceptado la oferta, ya que no tenía otro lugar dónde ir.

Sin el apoyo de sus padres, la escuela de diseño estaba fuera de los planes hasta que ella pudiera ahorrar lo suficiente para matricularse y tal vez pedir un préstamo.

Katie había estado sacando sus cosas a escondidas durante sus visitas a la casa, así que su pequeña habitación en casa de Josh ya estaba bastante llena. Serena le pidió a su hermana que no le siguiera trayendo cosas.

Serena decidió que definitivamente iba a seguir una carrera en la moda. Su orgullo no le permitiría rendirse después de todo lo que había sucedido. Pero la única forma que podía hacerlo ahora era consiguiendo un trabajo en una tienda. Así que ella se pasó la última semana postulando a cada posición que encontrara y limpiando el apartamento.

Serena no tenía mucho, pero tenía algunos ahorros, sus gastos personales nunca habían sido un problema cuando vivía en casa. Así que insistió en pagarle algo a Josh por la renta y compró algo de comida. Serena fue lo suficiente consciente para reemplazar las dos botellas de vino que había tomado durante sus dos mini quiebres emocionales.

Serena pensó que estaría bien por un tiempo, siempre y cuando dejara de ir de compras y gastar bien su dinero, a pesar de lo difícil que sería eso. Aun así, no tenía suficiente dinero ahorrado para la escuela de diseño y ese objetivo sería imposible si no conseguía un trabajo.

Mary había llegado ayer de su viaje, estaba furiosa de que Serena no la hubiera llamado de inmediato e hizo la misión de su vida animar a Serena. Al menos por esta semana.

La noche anterior había venido y habían mirado películas para chicas, seguidas de películas malas de acción mientras comían palomitas, helados y muchos otros snacks hasta que se quedaron dormidas en el sofá.

Mary le había escrito hace un rato para decirle que se arreglara. "¡Vamos a ir a bailar!" le había dicho triunfante por alguna razón y ella se rehusó a recibir un no por respuesta.

"Vas a dejar de sentarte en ese apartamento y esperar que la vida te suceda. Vamos a hacer que funcione esta noche. Al menos por esta noche, tu vida será tomar demasiados cócteles, mover tu precioso trasero con la música y tal vez tomar algunas malas decisiones de las que podremos arrepentirnos la mañana siguiente." El entusiasmo de Mary era imparable, así que aceptó.

A ella no le gustaba ir mucho a los clubs, y definitivamente era algo que no hacía muy seguido, pero Mary tenía razón. Serena lo necesitaba, necesitaba salir de este lugar.

Además, ya se le acabaron los snacks después de su pequeña fiesta con Mary la noche anterior y había consumido suficiente azúcar para varias vidas, así que repetir lo mismo no sonaba muy atractivo. Además, si ella no aparecía en el club para encontrarse con Mary y varios amigos, Serena sabía que Mary aparecería y la arrastraría fuera del apartamento. Así que, con un último vistazo en el espejo, ella agarró su cartera y tomó un taxi hacia el club.

Serena vio a Mary y a dos de sus amigas esperando en la línea para entrar. Ella había conocido a las amigas de la universidad de Mary una o dos veces y parecían agradables. Pero el sonido que salía del club era demasiado. Se preguntó si tal vez vendían tapones para los oídos adentro...

"¡Me encanta esta canción! ¿No te gusta esta canción?" Exclamó Mary y comenzó a hacer un pequeño baile en la acera.

"Uhm, ¿quién la canta?" Serena escogió la opción segura; estaba segura de que no la había escuchado antes y por lo que podía escuchar, no le gustaba.

Las tres chicas a su alrededor la miraron como si le hubieran salido un par de cuernos. Serena consideró tocarse la frente para revisar antes de que ellas gritaran, "¡Misery, amiga!" gritaron casi al mismo tiempo.

"Claro, por supuesto." Todavía no tenía idea de quién estaban hablando. Pensó que tal vez había escuchado el nombre en la radio, pero este tipo de música no era del tipo que se escuchaba en la casa de sus padres.

Clásica, sí. Pop en raras ocasiones. ¿Pero rock? Si es eso lo que era. Por supuesto que no.

Hablaron un poco antes de que la rubia, Ashley, chillara "ahí está" y las llevara hasta el frente de la línea. Un nuevo guardia había tomado la posición en la puerta y pareció reconocerla, así que removió la cuerda cuando se acercaron, pero les dijo que se apresuraran.

"¡Su hermano es un bartender aquí!" Grito Mary por encima de su nombre a Serena mientras entraban al club, su voz ya estaba casi completamente ahogada por la música ensordecedora.

"¡Ella debió haberle pedido al guardia que nos dejara entrar!" gritó ella mientras levantaba sus manos por encima de su cabeza y comenzaba a bailar camino al bar.

Solo habían estado ahí algunos minutos, pero Serena esperaba poder comprar tapones para los oídos en algún lugar. Aunque ella estaba segura de que quedaría sorda en cualquier momento y luego no importaría.

Ashley ya estaba en el bar y le dio una cerveza a cada una antes de arrastrarlas hacia la pista de baile. Al principio, Serena se sintió un poco incómoda, pero luego se perdió en la música y la atmósfera eléctrica y comenzó a disfrutar el momento. Serena cerró sus ojos y permitió que su cuerpo se moviera como quisiera, su largo cabello negro bailando en su espalda.

El tiempo se detuvo para ella. Serena había bebido más lento que las otras chicas, pero sintió que solo habían pasado unos segundos mientras sus ojos se abrían y Ashley le quitaba de la mano su tercera cerveza con una mirada alocada.

"¡Chicas!" Ella apenas podía escuchar a Ashley por encima de la música, pero logró descifrar lo que estaba diciendo mientras mostraba un pedazo de papel en su mano con una dirección escrita. "¡Nos han invitado a una maldita fiesta de misterio!" Las chicas parecían que se iban a desmayar.

Serena no tenía idea lo que era una "fiesta de misterio", pero las siguió fuera del club. No había forma de que se quedara sola ahí dentro.

Sus oídos estaban retumbando mientras salían del club hacia la acera, aunque estaba segura de que sus oídos habían sufrido daños. Serena pensó que tal vez debería resignarse a que nunca dejaran de vibrar, juzgando por cómo se sentía.

"¿Qué es una fiesta de misterio?" le preguntó a Mary en lo que ella deseaba fuera una voz baja.

Mary conocía a sus padres y sabía lo sobreprotectores que eran, así que esperaba que Mary no la juzgara por su ignorancia. Estaba preocupada por lo que podrían pensar las otras chicas, ya que no las conocía tan bien, pero estaban tan ocupadas celebrando que dudaba que hubieran escuchado su pregunta, aunque su voz no había sido tan baja como ella hubiera querido.

"¡No una fiesta de misterio, una fiesta de Misery! ¿La banda, Misery? ¿De la que estábamos hablando antes, las canciones que estábamos bailando dentro? ¿La banda de rock más grande del planeta ahora mismo? ¿Nada de esto te suena?"

Para nada, pero ella no iba a permitir que Mary supiera eso.

Serena pensó que Mary comprendería que ella no supiera lo que era una fiesta de misterio, pero dudaba que Mary comprendiera que ella no conocía a Misery o por qué estaban yendo a su fiesta. "¡Oh, wow! ¡Increíble!" exclamó ella, esperando que esa fuera la respuesta apropiada. Ella entró en el taxi que Ashley había pedido.

Ahora, mirando la enorme mansión que estaba ante ellas, Serena no estaba tan segura de querer estar aquí. Sin embargo, Mary y las otras chicas estaban prácticamente corriendo hacia la casa y no había forma de que ella se quedara sola ahí, de tal forma que las siguió dentro.

6

Genial. Estaba sola. Exactamente lo que no quería.

Ashley y la otra chica, cuyo nombre no podía recordar, prácticamente habían corrido hacia la piscina que parecía infinita y saltaron con ropa apenas habían llegado.

Mary había paseado con ella al principio, pero un chico muy lindo la había invitado a bailar. Al menos tuvo la decencia de dedicarle a Serena una mirada de disculpas antes de seguirlo a la pista de baile.

Los céspedes gigantes detrás de las enormes paredes y la puerta por la que llegaron estaban divididos por un camino que parecía lo suficientemente ancho para que aterrizara un jet. Tal vez eso hacían las estrellas de rock. Tal vez tomaban jets a todos lados...

El camino llevaba directo hacia unas puertas dobles impresionantes, las cuales estaban totalmente abiertas mientras las personas salían y entraban con libertad. Una vez dentro, Serena echó su primer vistazo a la opulencia del lugar. La mansión tenía una escalera flotante que ella pensó que no podría llevar a ningún lado. Aunque debía hacerlo, ya que había contado tres pisos desde afuera.

Directamente detrás de la enorme habitación había un patio del tamaño de la casa de sus padres. Bueno, quizás eso era un poco exagerado, pero no por mucho. Al final había una piscina que contenía al menos 30 personas en este momento.

Los fiesteros eran personas hermosas que la hacían sentir totalmente fuera de lugar.

La música sonaba a través de parlantes invisibles, y las personas estaban tomando cualquier tipo de alcohol que a ella se le pudiera ocurrir.

Serena había recorrido la casa después de perder a Mary en la pista de baile, ella admiraba las ropas espectaculares que utilizaban todas estas hermosas personas. Su boca se secó un poco mientras miraba toda la ropa de diseñador que la rodeaba.

Los hombres y las mujeres vestían de forma impresionante.

Serena había visto a una chica con un vestido que, según su conocimiento, solo estaría disponible en las tiendas de diseñadores exclusivos el próximo mes.

Mientras se maravillaba con las ropas de diseñador de los asistentes, ella se chocó con una pared. De verdad esperaba que nadie lo hubiera notado. Afortunadamente, ella estaba fuera del área principal de la fiesta y se había mantenido en áreas menos pobladas.

Sin embargo, esta pared parecía oler muy bien. Y parecía haberse... movido un poco al impacto...

Se dio cuenta de que no era una pared, era un hombre. Un hombre con los ojos más verdes que haya visto, un suave cabello negro que le caía hasta los hombros y una cara que la... uh, que la miraba con una mezcla de preocupación y un poco de irritación.

Serena podía sentir el calor llenando sus mejillas y encendiendo su cara mientras se sonrojaba como una completa idiota y se congelaba en el lugar.

"Lo siento mucho, no estaba prestando atención. Estaba caminando sin ver. Lo siento mucho. ¿Estás bien?"

La irritación en su cara dio lugar a algo más, o al menos ella lo pensó así. ¿Serena no conocía a este hombre de ningún lugar, así que quién era ella para analizar sus expresiones faciales?

"Sí, estoy bien. ¿Tú lo estás?" preguntó él en la voz más profunda y melódica que haya escuchado. Ahora que tuvo la oportunidad de verlo por un segundo, ella pensó que lucía algo familiar. ¿Se habían conocido antes?

"Sí, estoy bien. Lo siento mucho. No conozco a nadie aquí. Mis amigas desaparecieron en la piscina y en la pista de baile y yo estaba admirando lo que todos están vistiendo e intentando un lugar donde…" Serena se detuvo entonces, dándose cuenta de que estaba hablando demasiado y que él definitivamente no estaría interesado en lo que ella estaba haciendo.

"No conoces a nadie aquí, ¿huh?" Él parecía estarse divirtiendo. Y de nuevo lo estaba haciendo, analizando las expresiones faciales de un extraño. Idiota. Él parecía haber enfatizado la palabra "nadie" y se dio cuenta de que había mencionado en la misma oración que había perdido a sus tres amigas. Así que técnicamente sí conocía a alguien. A tres personas para ser exactos.

"Uh, lo siento. Quería decir que no conozco a nadie más que mis tres amigas desaparecidas."

"¿En serio?"

"Sip. Y logré perderlas a las tres a solo treinta segundos después de llegar aquí. Soy Serena, por cierto. Lo siento de nuevo. Miraré por donde camino de ahora en adelante. Tal vez me quede en alguna esquina hasta que mis amigas me encuentren y no causarle daño a alguien más", Serena continuó hablando.

"Rhys. Encantado de conocerte. Serena, ¿cierto?" Él parecía estar esperando algo, aunque ella no sabía qué, así que ella solo asintió para confirmar su nombre.

"¿Cómo terminaste aquí, Serena? No pareces el tipo de

chica que usualmente termina en estas fiestas." Rhys estiró su mano hacia ella y Serena la sacudió automáticamente.

Probablemente debería haberse sentido insultada por su insinuación sobre el tipo de chica que era, pero no lo hizo.

Todo su cuerpo estaba concentrado en la mano cálida que tocaba la suya y la sensación que se estaba esparciendo como un incendio por todo su cuerpo. Aunque ella no vio ningunas chispas cuando se tocaron sus manos, al menos ella comprendía finalmente la analogía.

"Encantada de conocerte, Rhys." Serena se recordó a sí misma de dejar de mirar esos ojos hipnotizantes, su fuerte mandíbula, las líneas negras de tatuajes que desaparecían debajo de su camisa negra de cuello en V...

"Entonces", Serena soltó su mano y se forzó a detener su inspección casi pervertida. "¿Cómo terminaste aquí?"

"Me gusta pasear por ahí", contestó él con una sonrisa curiosa en su cara. Una sonrisa que podría bajarle las bragas en diez segundos a cualquiera de las chicas hermosas que había en la fiesta. Tal vez ella no era una de las personas hermosas de la fiesta, pero sus bragas sí estaban listas para bajarse. Patético, pensó Serena.

"De acuerdo, señor que pasea. ¿Cómo es esta banda? En tu capacidad oficial de alguien que pasea, ¿son ellos tan buenos como parecen? ¿Y si esta es su fiesta, dónde están?"

Esta vez él soltó una risa sincera antes de responder, "Creo que son buenos. ¿Entonces no eres una fanática?"

"En realidad no. Bueno, no lo creo. Escuché música clásica en su mayoría mientras crecía. Últimamente he estado escuchando algo de pop, pero todavía no he comenzado a escuchar rock."

Él se volvió a reír. Aunque ella no estaba segura de por qué se estaba riendo, ella quería descubrirlo y hacerlo reír lo más que pudiera por la mayor cantidad de tiempo posible. Serena estaba segura de que no había algo mejor que ver o escuchar en cualquier otro lugar o planeta que la risa de este hombre.

"De acuerdo, si quieres saber si Misery es tan bueno como parece, ven conmigo." Él la agarró de la mano sin esperar su respuesta y la llevó por la escalera, todavía riéndose mientras subían al piso de arriba. Serena se emocionó un poco al volver a sentir esa sensación en su cuerpo cuando él volvió a tomar su mano.

Aquí arriba era más silencioso, pero todavía había algunas personas caminando por el segundo piso. Los sonidos que salían de algunas de las habitaciones que pasaron le dieron una buena idea de dónde estaba la banda. Él no dudó mientras la llevaba con confianza hasta el tercer piso.

Una vez ahí, él la llevó hacia la puerta al final del pasillo. Ahora solo estaban los dos. "¿Estás seguro de que podemos estar aquí?" preguntó Serena escéptica.

"Sí, claro, estos chicos son... mis amigos." Su cara tenía una expresión divertida mientras murmuraba las palabras.

Él atravesó la puerta que había abierto como si fuera el dueño y ella lo siguió hasta una habitación pequeña y poco decorada.

Él parecía lo suficiente confiado como para subir y nadie lo había detenido o cuestionado, así que ella supuso que estaba bien estar aquí. Aunque Serena sentía que estaba invadiendo la privacidad de alguien.

Serena miró alrededor con curiosidad. La habitación tenía paredes de vidrio en dos lados, revelando una vista que la dejó sin respiración.

Además de la puerta por la que habían entrado, había otra puerta cerrada que parecía llevar a una habitación adjunta detrás de esta. La habitación estaba decorada con una alfombra gruesa, un par de sofás, una mesita de café, un sistema de sonido que parecía de última generación y muchas pelotas de papel cubriendo la mayoría de las superficies.

Él la estaba mirando mientras ella admiraba la habitación y se maravillaba con las vistas, pero para cuando ella volvió a mirarlo, él estaba tocando el sistema de sonido.

"Vamos, ponte cómoda y escucha esto." Él señaló uno de los sofás cómodos y se sentó frente a ella, al lado del sistema de sonido. Cada espacio de la casa gritaba opulencia, excepto esta habitación. Parecía como una especie de santuario, uno en el cual vivía una persona real.

Justo entonces, un sonido hermoso de un solo de guitarra sonó por los parlantes, seguido de una poderosa voz masculina. Serena escuchó con atención y estaba un poco aturdida cuando los otros instrumentos más ruidosos comenzaron a sonar.

Rhys estaba mirándola atentamente una vez más, haciendo que su estómago se sintiera cálido y extraño y haciéndola desviar sus pensamientos de la música que salía por los parlantes y pensar en el hermoso hombre que estaba al frente. Su mano izquierda y su antebrazo estaban cubiertos de líneas negras de tatuajes que se estiraban por debajo de la manga de su camiseta. Otro tatuaje salía de la manga de su mano derecha. Sus brazos eran divinos, músculos definidos, aunque no eran enormes. Su pecho era amplio y fuerte y sus hombros eran anchos, casi como los de un nadador. Sus ojos los recorrieron para luego mirar su cara cincelada. Él estaba estudiando su reacción con atención, como si estuviera intentando descifrar sus pensamientos y le importara de verdad lo que pensara.

Él levantó una ceja al escuchar su aprobación y una sonrisa apareció en su cara. Pero él no dijo nada. Él le dio algo de tiempo para escuchar y luego comenzó a explicar los acordes, el ritmo, la melodía y otras palabras que fluían sin parar mientras ella se perdía en su voz. Mientras él hablaba de música, la emoción y la pasión que irradiaban de él llenaban la habitación.

Él levantó una guitarra que ella no había visto y tocó un poco con los ojos cerrados. "... ¿lo entiendes ahora?" Serena solo escuchó el final de su pregunta y su columna se enderezó para aparentar que le había estado prestando atención a sus palabras y no a él.

"Sí, algo, creo. Si escuchas con atención no es solo el sonido que escuchas al comienzo, es algo totalmente diferente. ¿Sabes qué otra cosa entiendo?"

"¿Qué?"

"Tienes mucha pasión por la música, ¿cierto? No creo haber escuchado a alguien hablar de algo con tanta pasión como lo hiciste ahora."

Era un hecho, no una pregunta, pero él no lo negó. En vez de eso, él la miró directo a los ojos, sosteniéndole la mirada y le preguntó en voz baja, "¿Y a ti qué te apasiona, Serena?"

De repente, algo en ella hizo clic mientras lo miraba a los ojos. ¡Por eso lucía familiar! ¡Él era el hermoso hombre del balcón en la gala de caridad la otra noche, estaba segura!

"¿Por casualidad estuviste en una recaudación de fondos de caridad para una fundación de servicios sociales la otra noche?" balbució Serena antes de poder detenerse, pero él no le dio oportunidad de responder.

"Lo siento, ¡esto debe sonar extraño! Es solo que abajo me pareciste conocido y se me ocurrió justo ahora que luces como alguien que vi en un balcón cuando me estaba yendo."

"Sí, ese era yo." Él me miró un poco sorprendido por un segundo, pero luego las esquinas de su boca mostraron una sonrisa hermosa y traviesa. "¿Vestido púrpura, cierto?" preguntó él, sus ojos brillando.

¿Me recuerda? Wow, eso es extraño. No soy alguien memorable, así que debe ser mi interrupción lo que debe haber recordado, pensó Serena. Él había estado mirando la ciudad con tanta intensidad... ella se había preguntado lo que estaba pensando, aunque ella nunca le preguntaría.

"Sí, uhm, lamento haberte interrumpido. No estaba prestando atención."

"Eso parece algo común en ti, ¿eh?" dijo Rhys, divertido y sonriendo con serenidad mientras ella se sonrojaba. "Entonces,

Serena distraída con el vestido púrpura, confiesa. ¿Qué te apasiona?"

"Bueno, de acuerdo. Veamos. Hace un par de semanas, probablemente te hubiera dicho que mis padres y quizás alguien más. Creo que lo único que queda después de las últimas semanas es la moda. Me encanta. Eso es lo que estaba haciendo cuando me choqué contigo, mirando toda la ropa increíble abajo."

"Moda, ¿eh? Eso es genial. Y te llevó hacia mí", sonrió él. "¿Eso significa que yo te apasiono por extensión?"

Serena volvió a sonrojarse mucho, pero no dijo nada. Solo sacudió la cabeza como si él fuera un loco por haber dicho eso. Serena no lo admitiría, pero él era definitivamente alguien por la cual ella se apasionaría. Él era tan intenso, pero fácil y ella... su voz la atraía, la sacaba de sus pensamientos.

"Suena a que has tenido unas duras semanas si has perdido algo que te apasionaba. Recuerdo esas muy bien..."

"¿En una casa como esta, llena de chicas hermosas y estrellas de rock?" bromeó ella, intentando aliviar la repentina atmósfera oscura. "Se deben pasar malos ratos aquí."

"¿Entonces te gusta la casa?"

"Bueno, sí. Digo, ¿a quién no? Hace que la casa de Josh, digo, hace que nuestra casa parezca enana y deba irse a la esquina a llorar."

"Te mudaste con un chico, ¿eh?"

"Sí, pero no de esa forma. Es uno de mis amigos más antiguos. Él me recibió por lástima, así que me está dejando dormir en su segunda habitación por ahora. Tuve una pelea enorme con mis padres porque no me permitían ir a la escuela de diseño... así que tuve que pensar rápido."

Sus ojos seguían oscuros, pero su voz era más suave. "Créeme, yo no siempre viví así. Los lugares en los que viví probablemente harían que tu casa de ahora luzca como un maldito palacio. Recuerdo un lugar..."

La puerta que Serena no se había dado cuenta de que

estaba cerrada se abrió en ese momento, cortando a Rhys a la mitad.

Otro hombre hermoso entró en la habitación y puso una mueca, ella todavía no estaba segura de que pudieran estar aquí.

Este hombre era casi tan algo como Rhys y lucía igual de confiado, pero no era igual de magnético como el hombre que tenía al frente. "¡Te necesito, Rhys, AHORA!" él casi gritó, apenas notando su presencia.

Rhys parecía alarmado, toda su apariencia se puso oscura. "Serena, ¿podrías encontrar el camino hacia abajo? Fue un placer, eres genial. Me gustas. Espero consideres volverte una fanática", le dijo Rhys mientras cruzaba la habitación y salía por la puerta sin mirar atrás ni una vez.

"¿Espero consideres volverte una fanática?" escuchó ella decir al otro tipo antes de que la puerta se cerrara.

Serena caminó hacia la ventana para admirar la vista por última vez y luego se volteó hacia la puerta para intentar encontrar a sus amigas antes de regresar a casa. Era muy tarde o muy temprano, dependiendo de cómo lo miraras y ella necesitaba ir a su cama.

En la ausencia de la presencia de Rhys, ella se sintió cansada de repente o al menos un poco más ligera después de contarle parte de su historia.

Mientras salía por la puerta, ella miró una pancarta que había estado oculta antes. Letras oscuras con medio marco estaban encima de una fotografía de un grupo de cinco hombres. "Misery". Así que esta era la banda, ¿huh? La mayor banda del planeta por lo que había escuchado, así que Serena pensó que tal vez debería mirar bien a sus anfitriones ausentes antes de irse.

Mientras se acercaba a la fotografía, ella perdió el aliento por segunda vez desde que entró en la habitación y se sintió un poco mareada.

Mirándola desde el centro de la pancarta estaba el mismo

hombre con el que había estado sentado, al que le había contado de su vida. Él parecía ser el hombre principal de la banda. El guitarrista principal de Misery.

Mierda. Se había comportado como una idiota. Sintiendo las lágrimas cerca de salir, Serena huyó de la habitación, bajó por las escaleras y se dirigió a casa sin pensar en encontrar a sus amigas.

Es por eso que estaba en la recaudación de fondos, pensó Serena mientras se dirigía a casa. Misery debió haber sido la banda que donó todo el dinero. Serena nunca había afirmado ser inteligente, pero ahora se sentía como una idiota.

7

*J*osh había estado dormido cuando Serena llegó a casa y ya se había ido cuando Serena despertó. La alegría de ser un adulto trabajador y responsable. *Alguien debería advertirles a los niños que dejen de desear crecer rápido,* pensó Serena.

Las luces verdes de su alarma le parpadearon. Serena no había dormido mucho, especialmente por la hora en la cual se acostó la noche anterior. Y sin tener en cuenta todo el tiempo que le tomó dormirse a pesar de su cansancio. La humillación seguía doliéndole y parecía ser una entidad viviente riéndose de ella en su pequeña y abarrotada habitación.

Bueno, no era como si lo fuera a volver a ver, así que era momento de una ducha, tal vez un trote y luego a seguir buscando trabajo. ¿A quién estaba engañando? Serena no corría. No al menos que algo la persiguiera y fuera grande y aterrador. Y si no hubiera alguien más que pudiera perseguir. Y solo si ella encontrara algo por lo que vivir y valiera la pena correr hacia ello. Y... no, de nuevo, otra vez no.

Una ducha y a buscar trabajo. Serena agarró una falda suave y cómoda de su closet y se dirigió hacia el baño que compartía con Josh. Solo porque se sintiera mal no significaba que tuviera que mirarlo. Verse bien no significaba estar incómodo.

Serena estaba saliendo de la ducha cuando escucho que tocaban la puerta. "¡Solo un minuto!" gritó Serena, esperando que quien fuera que estuviera ahí la escuchara. Se vistió rápido y cubrió su cabello con una toalla antes de contestar la puerta. Josh debe haber ordenado algo, ¿le había escrito a Mary que había llegado bien a casa? *Va a matarme*, pensó Serena.

Serena abrió la puerta, su boca lista para decirle una disculpa a su mejor amiga. "¿Yo... Rhys?" Serena parpadeó. ¿Qué?

"No, en realidad soy Rhys. Pero le alegra que lo recuerdes. Compré el desayuno." Él señaló una caja de pizza en su brazo.

Mierda. De verdad está aquí.

Luciendo, como si fuera posible, incluso más hermoso en la mañana que en el pasillo la noche anterior. Vestido en jeans pegados oscuros, una camiseta negra pegada y gafas de sol en su cabello, sus ojos verdes parecían mirar su alma a través de sus ojos azules.

No había error, era el mismo hombre. Aunque Serena sabía que él no podría haberse dormido antes que ella y probablemente no durmió mucho, él no lucía nada mal.

Como Serena no había podido dormir por su humillación, ella lo había buscado en Google antes de dormir. Los datos básicos que había encontrado sobre la banda en un milisegundo fueron impresionantes. La enorme cantidad de entrevistas en YouTube hacía que pareciera imposible que hayan vivido fuera de cámaras por más de algunas horas en los últimos cinco años desde que salió su primer álbum.

El resumen era:

Nacido como: Rhys Jason Grant. Le dicen Rhys.

Edad: 27

Hermanos: Anders Donald Grant. Sí, Donald.

Años activo: 5 años. Guitarrista principal y voz de apoyo de Misery.

Casi 30 millones de seguidores en Twitter, muchos más en Instagram.

Cinco giras en cinco años. Dos de ellas mundiales. La última terminó días antes de que encontrara a Bryan y comenzara su caída.

Serena planeaba acosarlo un poco más por internet esta mañana. ¿Lo habrá descubierto de alguna forma y habrá venido a evitar que invadiera su privacidad? Serena se preguntó eso por medio segundo antes de darse cuenta de que era imposible.

Serena se recuperó lo suficiente para hacerse a un lado, dándose cuenta de que su cara estaba sin maquillaje y sus pies descalzos y su cabello estaba cubierto por una toalla. Genial. Aparentemente estaba destinada a ser humillada por este tipo.

Él entró en el apartamento y escaneó todo en silencio. "No es tan malo como lo dijiste. Definitivamente un palacio a comparación de algunos lugares en los que he vivido."

"Uh, gracias. Y por supuesto que eres Rhys. Lo siento, solo estoy sorprendida. Pensé que eras mi amiga Mary a quien abandoné anoche. Gracias por el traer el desayuno. ¿Pero pizza? ¿Y no es que no sea genial que estés aquí, pero por qué estás aquí?" Serena intentó sonar confiada, pero su voz era suave y dudosa.

"La pizza es la comida perfecta a cualquier hora del día. Además, esta es pizza de desayuno, tiene huevos, queso, hongos, tocino, pan... ¿Qué más podrías desear en un desayuno? Y por lo que estoy aquí, vamos a alimentarte primero."

Él avanzó con confianza hacia la cocina y para cuando Serena pudo mover sus pies y seguirlo, él ya había ubicado los platos y había colocado la pizza en el centro del mostrador de la cocina. Serena agarró una tajada y dudó por un segundo al pensar en una pizza de desayuno antes de morder un poco.

Wow, esto está muy bueno, pensó Serena. Su madre la mataría si descubriera que está comiendo pizza de desayuno, pero ella sacó ese pensamiento de su cabeza antes de que arruinara el momento.

Y el momento era, por supuesto, que un dios del rock y el guitarrista favorito del mundo estaba en su cocina compartiendo su ridícula pizza de desayuno. Él se comió tres tajadas antes de que ella lograra terminar la primera, pareciendo feliz de que ella estuviera comiendo. Él definitivamente era una anomalía.

"Sabes", comenzó a decir él con suavidad, todavía mirándola comer con una mirada feliz en su cara. "Los chicos y yo hemos estado juntos por algún tiempo. Mucho antes de que Misery tuviera éxito. Anders y yo, probablemente ya sepas que es mi hermano biológico. Pero los otros chicos, aunque no son nuestros hermanos de sangre, ellos son mis hermanos como si compartieran nuestra sangre. Pero felizmente no tuvieron que compartir nuestros comienzos."

Serena solo asintió. Ella comenzó su segunda tajada de pizza, principalmente para mantener su boca ocupada con algo que no fuera hablar y le dio la excusa perfecta para seguir escuchando. Aunque ella no tenía idea por qué le estaba diciendo esto.

"Milo y yo nos conocimos en la secundaria. En ese entonces pasaba cada segundo con Anders y conmigo. Hemos pasado juntos por muchas cosas. Así que nos quedamos juntos. Conocimos a Jett cuando teníamos diecisiete... sí, cuando teníamos diecisiete. Luc prácticamente nos siguió a casa una noche cuando teníamos diecinueve y se quedó con nosotros. Todos teníamos veintidós cuando 'Hit the Road' tuvo éxito. No hemos mirado atrás desde entonces."

Serena siguió asintiendo, ya no estaba saboreando la pizza, esperaba que él continuara hablando sin tener idea por qué le estaba diciendo esto a las 10:30 de la mañana. Seguramente las estrellas de rock iban a esta hora a la cama. Pero qué sabía ella...

"La cosa es, Serena, te lo dije anoche, me gustas. Me haces sentir, mierda, no sé si esta es la palabra correcta, pero me haces sentir normal. Como si no estuvieras intentando chupármela solo para tener una historia que contar. No parece importarte quién es quién y eso es refrescante."

Serena estaba completamente sin palabras, aunque estaba comenzando a sentir que tal vez debería decir algo. Ella sentía que estaba yendo a algún lado con esta pequeña historia, aunque todavía no estaba segura dónde. Además, se estaba comenzando a sentir un poco asustada. Y lo que más le asustaba es que también se estaba sintiendo un poco emocionada. Aun así, ella solo asintió. Su boca se sentía seca y la forma en que pasaba su mano tatuada por su suave cabello oscuro no ayudaba para nada.

"La banda se está tomando un descanso de la última gira. Nos descontrolamos un poco en el camino." Él se volvió a reír y se corrigió. "Digo, algunos de nosotros se descontrolaron más de lo usual."

Oh, esa risa. Serena esperaba que no fuera nada más que un recuerdo de borracha, pero no, su interior se derretía al escucharla.

"Anoche, cuando te chocaste conmigo, yo estaba pensando en una idea. Una idea para la cual serías perfecta. Eres encantadora y lo suficiente hermosa y lo mejor de todo es que creo que te gustará. Tendrás toda la exposición que podrías desear al mundo de la moda. Los diseñadores estarán babeando para conocerte, para vestirte."

Definitivamente tenía su atención ahora. "De acuerdo, eso no suena mal", logró decir Serena, aunque ella seguía sonrojándose por el comentario de su belleza para lo que tenía en mente. ¿Rhys pensaba que ella era hermosa?

"Lo discutí con mi abogado y nuestro representante esta mañana y ambos piensan que funcionará. No conozco a nadie más perfecto para el papel. Será una pura relación de negocios, mi abogado puede crear de inmediato los contratos necesarios. Por supuesto, te pagaré lo que quieras – nos ha ido bien hasta ahora."

"¿Me pagarás exactamente por qué?" preguntó Serena, esta vez con cautela. Esto estaba comenzando a sonar peligroso y tal vez ilegal.

"No, no. No eso. Me adelanté un poco. Lo que te estoy pidiendo, Serena", él colocó una rodilla al suelo, tomó sus manos con las suyas y le dedicó esa sonrisa increíble antes de preguntarle, "¿me otorgarías el honor eterno de ser mi novia falsa?"

Serena casi se cayó de su propia silla del shock. Su mente se puso en blanco. Parecía que le hubieran robado la voz, el sentido común y su libre albedrío, todo al mismo tiempo. "¿Po... Por qué?" logró decir ella, un millón de pensamientos pasaban por su cabeza, pero ella dijo las dos protestas más importantes. "¿Por qué yo? ¿Y por qué necesitas una novia falsa?"

Él se quedó de rodillas, sus manos fuertes y con callos tomaban las suyas. "Ya te dije por qué. Te dije por qué necesito esto. Necesitamos algo para calmar a la banda. Los otros chicos no lo ven todavía. Algunos porque todavía no son capaces y otros porque no quieren. Necesito que al menos intenten enfocarse. Esta será la distracción perfecta para los paparazzi. Yo nunca he salido a mencionar que estoy en una relación. La prensa se lo creerá de inmediato. Crearemos una narrativa y las personas se lo creerán. Les dará a los chicos un descanso de toda la atención y yo tendré una novia hermosa por un par de meses."

"¿Solo para dejarlo en claro, me estás pidiendo que le mienta al mundo para darle un descanso a tu banda?"

"No mi banda, mis hermanos... y sí, eso es exactamente lo que te estoy pidiendo. Pero tendrás muchas ventajas. Me aseguraré de presentarte a todos los que quieras, te pagaré la escuela de diseño. Todo lo que quieras."

Él seguía de rodillas y ahora todo se estaba volviendo muy bizarro, especialmente mirarlo de esa forma.

Como si él pudiera leer su mente, su voz estaba más baja ahora mientras la miraba, sus ojos verdes penetrantes brillaban y estaban quemando su alma. "Vamos, ¿qué dices? Nunca me he puesto de rodillas por una mujer antes. Nunca pensé que tendría que rogar una vez lo hiciera."

"Yo..." ella luchó por encontrar las palabras adecuadas. "Bueno, primero, no estás de rodillas de verdad y segundo, esta es una mentira enorme que me estás pidiendo que diga. ¿Al menos podría tener algo de tiempo para pensarlo?"

"Mira, mierda, tienes razón." Él levantó una de sus manos tatuadas de sus manos, la pasó por su cabello y sus costosas gafas de sol cayeron al piso. Él ni siquiera se movió cuando cayeron al piso.

"¿De acuerdo, qué tal esto? ¿Qué tal si lo intentamos? Sal en una cita conmigo. Una cita antes de que lo decidas."

Serena respiró hondo. ¿No había decepcionado últimamente a suficientes personas? Él de verdad parecía necesitar su ayuda, así que sin pensar demasiado y sabiendo que podría decirle que no, ella apenas se escuchó decir, "Está bien, una cita. Luego lo pensaré y te lo haré saber." Su mente comenzó a girar; ¿podría hacer esto?

Él se quedó de rodillas, sosteniendo su mano y mirándola a los ojos por otro segundo, haciéndola sentir algo completamente diferente antes de sacudir su cabeza de forma casi imperceptible y levantarse del suelo.

Él arqueó sus cejas mientras se dirigía a la puerta. "Prepárate para ser impresionada, Serena. No recibo un no por respuesta." Con eso, él salió por la puerta a hacer lo que hacían las estrellas de rock con sus días.

Sus rodillas se sentían temblorosas mientras regresaba a su

habitación. Su cabeza se sentía hinchada con incredulidad. Por otro lado, al menos ella ya tenía una oferta de trabajo por el día. Como ella no tenía ningún otro trabajo emocionante en el resto del día, Serena decidió alistarse para lo que veía como su entrevista de la noche. Serena agarró toda la pintura de uñas que necesitaría para una clásica mani/pedi francés y comenzó a consentirse.

A las tres de la tarde hubo otro sonido inesperado en su puerta. Serena acababa de comenzar a buscar en su closet desordenado para decidir lo que sería un atuendo apropiado para una cita con una estrella de rock.

Serena le había enviado un texto rápido a Mary después de que Rhys se fue, haciéndole saber que lo sentía por haberse ido y que estaba bien, así que dudaba que fuera Mary en la puerta. Aun así, ella abrió la puerta esta vez con más cuidado y se encontró cara a cara con un trabajador de envíos que parecía que tenía suficientes cajas y bolsas para mudar un nuevo inquilino.

"Lo siento, creo que vino al apartamento equivocado."

"¿Señorita Woods?" preguntó él, luciendo un poco menos aburrido después de haber observado el modesto escote a través de la camisa que llevaba.

"Uh, sí. Soy ella. Digo, soy yo."

"¿La entrega es para usted, podría firmar aquí, por favor?"

Él le puso un portapapeles en la cara y señaló una línea en la parte inferior en la que quería que firmara.

"¿Lo siento, pero yo no he ordenado nada?" Al ver todo de cerca, parecía que todos los artículos eran de tiendas lujosas en las que no había podido comprar incluso antes de que saliera de la casa de sus padres.

"Señorita, a mí solo me dicen dónde y a quién entregarle las cosas. Usted es la señorita Serena Woods y vive en la dirección en ese pedazo de papel, ¿cierto?"

"Sí."

"Entonces esto es para usted. Por favor, firme señorita, para así poder retirarme."

Completamente confundida, ella firmó el estúpido pedazo de papel y él envió una orden de inmediato a alguien que ella no podía ver, "¡Vamos a meterlo todo!" Un hombre apareció del pasillo y los dos hombres metieron todos los paquetes en la sala de Josh en segundos. Mierda, ahora sí iba a matarla.

Serena comenzó a abrir las bolsas apenas se fueron los hombres. Al principio se movió con timidez, pero cuando descubrió los tesoros que tenía, ella comenzó a emocionarse por cada uno.

Estaba prácticamente gimiendo para cuando abrió la última bolsa. Serena nunca había sido fanática de la ciencia ficción, pero se imaginaba que así se sentían ciertos fanáticos del género cuando recibían objetos coleccionables.

Dentro de las bolsas había algunos de los vestidos más hermosos que haya visto, de diseñadores que nunca en sus sueños más salvajes hubiera imaginado que usaría. Serena abrió otra caja, tenía una forma diferente, pero ella estaba ansiosa de seguir viendo zapatos hermosos, aunque solo descubrió que tenía algo totalmente diferente.

Serena movió las cajas y comenzó a chillar de felicidad mientras abrazaba los zapatos que tenía más cerca. Luego abrió otra caja que tenía una forma diferente, estaba ansiosa por encontrar más zapatos, pero esta vez descubrió otra cosa.

En vez de eso, esta caja y otras tres cajas, tenían alguna de la ropa interior más fina que haya visto – incluso en los catálogos que estaba avergonzada de admitir que había visto. Serena vio las etiquetas en cada una y eran exactamente de su talla. Sí, era un poco aterrador, pero ella no pudo evitar sentir un escalofrío por su columna.

La próxima caja tenía una forma diferente. Sin saber qué esperar, ella abrió esta con más lentitud. Lo primero que notó fue un suave sobre blanco con una nota dentro.

Diviértete. *Espero que te encante todo.*

Te veo a las 8.

-R

SERENA DEJÓ la nota a un lado con cuidado, preguntándose si la había escrito él mismo. Olía un poco a él, pero si era honesta consigo misma, seguro que estaba drogada de tantas cosas de diseñador.

Serena levantó el sobre de papel y encontró una botella de perfume que había estado deseando por años, pero nunca había comprado, aunque ella siempre se aseguraba de echarse un poco de las botellas de muestra en su cuello y su escote cuando pasaba por una tienda que los tenía. Al lado del perfume encontró algunos de los mejores cosméticos en la industria.

Serena sonrió. Para un hombre que conocía por menos de veinticuatro horas, él conocía muy bien su estilo.

Le tomó el resto del día, pero ella finalmente escogió lo que pensaba que era el traje perfecto para circunstancias desconocidas y estuvo lista justo a tiempo.

Eran las 8 en punto y hubo un golpe ligero en su puerta. Josh todavía no estaba en casa, así que ella abrió la puerta.

Serena estaba comenzando a sentir que debería llevar un maldito tanque de oxígeno alrededor de este hombre. El estar a su alrededor hacía que le fuera difícil respirar, era casi imposible. Él llevaba unos jeans oscuros y una camisa abotonada del mismo color con mangas enrolladas y sus tatuajes asomándose. Sus dedos ansiaban tocar esos tatuajes, inspeccionarlos y aprender la historia detrás de cada uno...

"¿Lista para ser impresionada?" preguntó él como saludo, cortando cada uno de sus pensamientos.

"¡Nací lista!" mintió ella. Serena estaba dispuesta a apostar que nada lo ponía nerviosa, así que ella estaba desesperada en no mostrar su propio nerviosismo y falta de confianza.

Debe haber funcionado, porque al hacerlo, él agarró su

mano y la bajó por las escaleras hacia su motocicleta. No era lo que esperaba. Nunca había estado antes en una motocicleta, pero tampoco había estado nunca en una cita con una estrella de rock. Supongo que hay una primera vez para todo.

Serena aceptó el casco que él le entregó, completamente feliz de haber elegido una simple cola de caballo en vez de un peinado más complicado. Serena se lo colocó y se metió en la chaqueta de cuero negro que él le entregó, luego lo abrazó mientras él aceleraba a través del aire frío de la noche. Claramente el límite de velocidad no aplicaba para las estrellas de rock. Ella colocó su cara en su espalda y se agarró como si su vida dependiera de ello.

Serena no tenía frío, pero estaba agradecida de que finalmente bajó la velocidad. Solo que ahora que el rugido de su motor se había callado y finalmente tuvo el coraje de levantar la vista, una sensación fría apareció en su estómago. Estaban en una fiesta al exterior. Las luces estaban al máximo y la música pulsaba en sus huesos. Esta definitivamente no era su escena.

Sin pensarlo, Serena murmuró, "Yo, uh, no uso drogas. Nunca lo he hecho, nunca quiero hacerlo." Ella había visto a suficientes estudiantes de su secundaria adictos a esas cosas venenosas y ella no tenía intención de que eso le sucediera. Ni siquiera le gustaba tomar mucho, el vino con Josh fue una pequeña excepción.

"No te preocupes, todo está bien. No hay drogas esta noche." Él agarró su mano y la llevó a través de la multitud para llegar a un área rodeada por una cuerda y cuidada por hombres enormes en trajes oscuros. VIP, se dio cuenta ella. Todo su cuerpo se sentía encendido al tocarlo. Habían pasado treinta minutos de contacto físico constante entre ellos y su cuerpo parecía estar al borde.

Serena había decidido después de su visita y su búsqueda rápida en Google dejar de invadir su privacidad como cualquier otra fanática y solo permitir que él diga lo que quiera que ella escuche, lo que quiera que ella sepa.

Rhys pasó al lado de los guardias, apenas pausando para levantarles la barbilla como agradecimiento. Ellos siguieron imperturbables y volvieron a colocar la cuerda en su lugar apenas ellos pasaron hacia el área VIP.

Era obvio que los dioses del rock y sus sabores de la semana no los afectaban mucho. El área VIP era mucho más espaciosa y calmada que las multitudes que habían atravesado. Ella no comprendía cómo no habían reconocido a Rhys, hasta que se le ocurrió que nadie esperaría que el príncipe de la guitarra estuviera atravesando las multitudes con una chica como ella.

Rhys escaneó la habitación y encontró el intruso rubio de anoche relajándose en una cabina en la esquina. Serena había descubierto que él era Milo, mejor amigo de la secundaria de Rhys y el hombre detrás del teclado de Misery.

Según los artículos que ella había leído antes de decidir dejar de acosarlos en línea, Milo era tan estrella de rock como Rhys, le daba un sonido único a Misery y era muy popular con los fanáticos.

Aunque Serena no sabía mucho sobre los teclados, lo que sí sabía es que Milo era hermoso. Igual de alto y confiado que su compañero de banda, él tenía ojos azules y cabello corto y ligeramente rizado. Él se puso de pie cuando los vio avanzar hacia él.

Él y Rhys se saludaron con un abrazo incómodo de una mano que señalaba la intimidad masculina. Solo que este no era nada incómodo, ya que ellos se veían genuinamente felices de estar juntos.

Extraño, pensó Serena. Por lo que había visto anoche, ellos vivían juntos y trabajaban juntos, y sin embargo parecían felices de verse.

"¿Está listo, amigo?" preguntó Milo, mirándola.

"Claro que sí, amigo. Bueno, eso creo. El tiempo lo dirá." Rhys asintió hacia ella.

Ah, por eso era la felicidad. Milo obviamente pensaba que Serena había aceptado de manera irrevocable al "acuerdo" de Rhys.

"Serena, él es Milo. Mi mejor y más antiguo amigo y mi hermano favorito."

8

"¿Así que tú eres la famosa Serena, sí?"

"¿Y tú debes ser el famoso Milo, cierto?"

"¡Tienes razón, Rhy, ella es diferente!" contestó Milo, más para Rhys que para ella.

"Rhysie me dice que no sabías quiénes éramos hasta la noche de ayer. ¿Es cierto?"

"Sí había escuchado de Misery, por supuesto." Serena no se molestó en decirle lo poco que había escuchado de la banda. "Solo que no soy una fanática entrega bragas… eso es todo…"

Milo le dio con el puño a Rhys y comenzó a carcajearse.

"Todavía no, querrás decir", contestó él. Milo le pareció atractivo la noche anterior en el pequeño intercambio que tuvo con él, pero ahora se dio cuenta de que era mucho más que el hombre rubio guapo que había pensado que era. Un encanto juvenil y divertido salía de él.

"Quizás, pero he tenido la oportunidad de escuchar a tu guitarrista principal desconectado, si así es como ustedes lo llaman, y él no es ningún Beethoven."

"Me hieres, princesa." Rhys se rio, sus ojos arrugándose divertidos mientras colocaba una mano en su corazón.

Su corazón se detuvo un instante al escucharlo llamarla "princesa", pero Serena intentó ignorarlo.

"¿Así que esta noche no hay drogas, es por eso que no están aquí el resto?" preguntó ella sin dirigirse a nadie en particular.

"Nah, ellos están por ahí", dijo Milo brevemente antes de callarse con la mirada de Rhys.

La mesera vino con un vaso de bourbon para cada uno de los chicos y le preguntó amablemente qué quería beber, aunque sus ojos decían que en realidad quería preguntarle a Serena cómo quería morir. Dándole algo de crédito a Rhys, aunque la mesera era muy hermosa, él no le prestó casi atención.

"Solo una copa de vino, por favor."

Rhys intervino, tomó la lista del vino de su mano y la miró con cuidado.

"Podemos hacerlo mejor que eso."

Milo miró por encima del hombro de Rhys brevemente y parecieron estar de acuerdo en uno. "Una botella de eso, por favor."

Rhys apuntó algo y le entregó el menú a la mesera sin el pedido de Serena. La mesera regresó unos segundos después con una botella de vino y tres copas. Los chicos rechazaron sus copas y tomaron tragos de sus vasos mientras la mesera le servía una copa a Serena y acomodaba la botella en una cubeta plateada con hielo.

Felizmente ella no sabía que ellos no iban a tomar, de lo contrario seguramente hubiera escupido en la botella juzgando por cómo me estaba mirando, pensó Serena.

Para su sorpresa, era divertido y fácil hablar con Milo y Rhys. Ninguno de los dos parecía desear las drogas que se consumían alrededor de ambos y ambos parecían estar disfrutando la compañía, felices con nada más que la conversación y el flujo constante del whisky.

Después de que ella se tomara media botella de vino y los

chicos un montón de bourbon, Milo había comenzado a llamarla Sese.

Serena se había acurrucado bajo el brazo de Rhys en algún momento y él parecía feliz de estar acurrucándola en público. Fue el turno de Milo de sorprenderse cuando Rhys tocó su cuello y oídos y le plantó un pequeño beso en su frente mientras se reía de vez en cuando de las cosas que decía.

"¿Entonces, creo que Rhysie te ha contado de nuestro predicamento?" dijo Milo, poniéndose serio de repente. Rhys no dijo nada, pero le lanzó una advertencia a Milo con la mirada.

"Acabamos de terminar nuestra segunda gira mundial y los poderosos están presionándonos para sacar nueva mierda. Excepto que Rhysie está seco. Y Jett... bueno... no está ayudando y Luc tampoco. En el pasado había un concepto, ¿sabes?" Serena no sabía, pero asintió de igual forma. "Todos aceptábamos el concepto y luego íbamos en direcciones diferentes para escribir las canciones. Luego reuníamos todo y encontrábamos junto la magia. En la actualidad eso no está sucediendo mucho."

Serena asintió una vez más como si comprendiera, pero no lo hizo. Aunque en su cabeza pensó que estaba comenzando a comprenderlo.

"Necesitamos esa magia de regreso, rápido y hasta que lo hagamos, alguien necesita distraer a los buitres." Milo la miró como desafiándola.

"¿Y me necesitan para ser la presa?" preguntó ella, sus ojos enfocados en Rhys.

"Sí, princesa, te lo dije, eres perfecta."

De acuerdo, ella podía jugar, al menos pensó que podía. Serena respiró hondo. Necesitaba ser ella misma si al menos iba a intentarlo. "Este DJ es horrible. Una chica apropiada de Misery se aseguraría de que honrara a los invitados de honor mientras están aquí." Ellos volvieron a quebrarse de la risa.

"En realidad princesa, ellos han tocado tres remixes de nuestras canciones hasta el momento. Y no somos los invitados de honor esta noche, solo fiesteros regulares." Serena pudo sentir la punta de sus orejas sonrojándose, pero deseó que estuvieran bien ocultas debajo de su cola de caballo.

"Pero también está tocando canciones de personas que no nos gustan", señaló Milo. "Así que tiene razón. ¿Esto no es de la perra que mintió sobre haberte follado el año pasado?"

"Ambos tienen razón." Rhys se rio mientras se levantaba y tomaba su mano. "Vamos, Sese", dijo Rhys, adoptando el sobrenombre de Milo para ella. "Vamos a mostrarle al DJ cómo se hace."

Milo se paró riéndose detrás de ellos, pero Rhys no le prestó atención mientras avanzaba confiado hacia la cabina del DJ, nadie se paraba a detener al príncipe de la guitarra.

El DJ le tartamudeó a Rhys, pero no le iba a decir no a la realeza del rock moderno, así que permitió que Rhys tomara el mando rápidamente.

Rhys colocó una canción y la llevó a la pista de baile. Serena había tomado más vino que de costumbre y su cabeza estaba girando un poco, pero su cuerpo se movía al ritmo de cada uno de sus movimientos.

Los primeros acordes de la canción que él había escogido comenzaron a sonar justo cuando llegaron a la pista. "¡Me encanta esta canción!" le gritó Serena y él la tomó en sus brazos. En ese momento, en su mente todo parecía brillante y mágico y hermoso.

Serena bailó la música en sus brazos, moviendo sus caderas con las suyas, sus brazos alrededor de sus fuertes hombros y su cuerpo presionado al suyo. Las manos de Rhys estaban en su cadera y la calidez que emanaba de ellas la quemaba a los lados. Ambos bailaron tres canciones; cuando Serena levantó la mirada, él la estaba mirando con atención, como si ella fuera un problema difícil de matemáticas. De repente, él se acercó y la besó como nunca había sido besada.

El beso era caliente e intenso. Serena podía sentir su calidez esparciéndose desde sus labios hacia sus pies y dedos, hacia su cabeza. Su mente, corazón y núcleo estaban de acuerdo que podían sentir este beso más que todos los anteriores. Todos los pensamientos de su cabeza desaparecieron y en lo único que podía pensar era en Rhys, sus manos en su cuerpo, su lengua confiada mientras guiaba la suya.

Él parecía absorto en el momento con ella, besando su mano, una mano tocando su nuca y la otra su cintura, atrayéndola hacia él. Él la tocó con sus caderas hasta que algo vibró en sus pantalones. Él se retiró gentilmente del beso.

"Creo que es hora de que vayas a casa, Serena."

"¿Qué pasa si todavía no estoy suficientemente impresionada?" Serena estaba jadeando del beso, todavía sintiendo el fuego en su sangre y una necesidad en ciertos lugares que nunca habían necesitado tanto. Lugares que no habían sentido nada en mucho tiempo. Sin embargo, también se estaba sintiendo patética y rechazada mientras él se alejaba. Sin embargo, Rhys también estaba jadeando, así que él no estaba totalmente normal. Aunque tal vez estaba así por el baile o algo más, ¿quién sabe? No había forma de que un tipo como este se sintiera afectado por una chica como ella... Tal vez ella imaginó la energía que sintió entre ellos. Era eso, ¿cierto?

Él la miró atentamente, estudiando su expresión. "Si yo soy el único impresionado aquí, entonces tenemos otros problemas, Sese", le susurró a Serena al oído con su aliento cálido, regresando de nuevo al apodo de Milo. "Tengo que ir a ocuparme de algunas cosas, pero te hablaré pronto, ¿sí?"

"Sí, Rhys, si tú lo dices. Despídete de Milo por mí." En poco tiempo, Serena se sentó en la parte trasera de una SUV de lujo que la estaba esperando. Una vez llegó a casa, ella subió por las escaleras hacia el apartamento que compartía con Josh, su mente mareada por el vino, la lujuria y el recuerdo del beso.

Serena subió a su cama, sus pensamientos estaban enfocados en Rhys mientras se acostaba en la ropa interior que él le había escogido. Una ropa interior que deseaba con desesperación que él viera, que estuviera a su lado. Ella sacó ese pensamiento de su cabeza. *Eso no es lo que quiere de ti, él nunca querrá eso de ti.* Ese fue el pensamiento deprimente que tuvo antes de dormirse y soñar en esos ojos verdes penetrantes, sus brazos tatuados y musculosos rodeando en su cintura y cabello y en su duro cuerpo presionado al suyo.

9

Serena podría estar medio dormida, pero los golpes en la puerta del frente se sentían como un hacha directo en su cráneo. Serena salió de la cama, sintió una oleada de náuseas atravesarla mientras se levantaba. Esperó que pasara antes de avanzar tropezándose hacia la puerta del frente. Ella la abrió y encontró una caja hermosa esperándola con otro sobre y una nota escrita a mano.

Esta podría ser tu vida.
Sé que algunos fanáticos me llaman el príncipe de la guitarra. Tú podrías ser mi princesa.
Tendrías ventajas, tal como te conté. Llámame al número de atrás para discutirlo.
-R

Mierda. Serena tenía su número. Su número personal. Y él quería que lo llamara...

El pensar en él hizo que las mariposas en su estómago no solo revolotearan, todas se volvieron locas, como intentando escapar de su estómago. El espacio entre sus piernas se calentaba como recordando su tacto. Ese beso. La sensación de su mano en la suya...

Sin embargo, esto sería un arreglo de negocios para él. Nada más. Serena tendría que recordar eso.

Debajo de la nota de la caja encontró Tylenol, una solución de electrolitos, una botella de agua, una bebida con gas, un paquete de galletas saladas y unos paquetes de gomitas. Era una cura perfecta y algo rara para la resaca.

Esta podría ser su vida por algunos meses, eso es lo que él había dicho. Él cuidándola – a la distancia, probablemente – y por supuesto, estaba la compensación financiera que le había ofrecido. Serena encontró una suma obscena de dinero al otro lado de su nota, debajo de su número.

Todo lo que tenía que hacer era decir que sí, tomarse unas cuantas fotografías con él de vez en cuando y él sería de ella, más o menos, al menos por un tiempo. Serena tendría suficiente dinero para pagar la escuela y un poco más, tal vez incluso suficiente para tomarse unas vacaciones en alguna isla cuando todo esto terminara. Serena estaba tentada, eso era seguro. Serena tomó una ducha rápido para aclarar su mente, pero estando parada en la ducha con una cascada de agua caliente sobre ella, todo en lo que podía pensar era él. Como mínimo, ella pensó que debería agradecerle por el paquete y ella decidió hacer eso cuando salió de la ducha y se vistió.

De regreso en la sala, Serena recogió su teléfono y guardó su número en los contactos. Luego escribió un texto rápido.

Gracias, no tenías por qué hacerlo. Pero funcionó de maravilla, me siento casi humana de nuevo.

Josh atravesó la puerta del apartamento mientras Serena se acomodaba en el sofá para comenzar a pensar en los pros y los contras de este contrato.

"¡Bueno, mira quién está en casa!" Él la miró por un segundo antes de continuar. "¿Dónde has estado, Ser? Nunca pensé que vivir contigo significaría verte menos." Él la miró con una expresión enojada y con la boca tensada. Sus palabras la hirieron un poco.

Su teléfono vibró casi de inmediato, alertándola de un mensaje. Su corazón vibró cuando vio aparecer el nombre de Rhys en la pantalla, pero ella podía sentir a Josh mirándola, así que no podía abrir el texto o bailar mientras lo leía como hubiera hecho si hubiera estado sola.

En vez de eso, ella solo miró sus manos y jugó con la nota que había tomado de nuevo. "Lo siento, Josh. He estado algo preocupada."

"¿Con qué? Todavía no tienes trabajo, según tengo entendido."

"Es una larga historia. Me han ofrecido un... trabajo, algo así. Me pagarían bien, pero no es algo convencional. No estoy segura de aceptarlo. ¿Has escuchado de una banda llamada Misery?"

Su expresión se suavizó al escuchar eso. "Ser, ¡todos en el planeta han escuchado de Misery! Excepto quizás tú. ¡Me encantan! ¿Por qué? ¿Qué tienen que ver ellos con lo que te sucede?"

"¿Uhm, entonces has escuchado de Rhys Grant?"

"Sí, Ser, he escucho de él. Incluso lo adoro. Pero sigo sin entender lo que estás preguntando."

"Lo conocí la otra noche que salí con Mary y las chicas."

"¿Qué? ¿Obtuviste su autógrafo? Con razón estás aquí, Ser, ¡pero podríamos vivir por algunos meses vendiendo una gota de sudor de ese tipo!" Josh lucía increíblemente emocionado debido a que Serena conoció a Misery. Ella debió haber estado muy alejada de todo para no haberlos conocido.

"¿En serio?" Serena arrugó su nariz al escuchar la información que le había comentado. "¡Eso es asqueroso!" No es que él no oliera increíble o algo así. ¿Pero vender su sudor?

"En serio, Ser, ¡he escuchado que un tipo ganó mucho dinero vendiendo su vómito en línea después de un show en Búfalo!"

"Eso es asqueroso, Josh. Cómo es que... olvídalo. Como sea, él me ofreció una posición en la banda", murmuró Serena y volvió a mirar sus manos.

Josh se puso un poco pálido. "¿En serio? ¿Haciendo qué? ¿En su equipo de marketing?"

"Uh sí, en realidad no. Como una asistente por unos meses."

El color desapareció de su cara por completo. Él se quedó callado al comienzo, pero luego soltó, "¿Quiere que seas su maldita prostituta?"

"No, Josh. Por supuesto que no. ¡No es ese tipo de asistencia!"

"¿Quieres vivir en mi casa, pasar tus días follándote a una estrella de rock y luego cenar como si todo estuviera bien?"

"¡Josh! ¡No pasaré mis días follando a una estrella de rock!" Aunque algunas partes de ella se emocionaron con la idea.

"Me tomaré algunas fotografías con él, pasaré algo de tiempo con él y eso es todo. Ayudaré a la banda de cierta forma."

La expresión de Josh era más oscura de lo que nunca había visto, algo importante, considerando que ella era la que lo había consolado cuando murió su puercoespín de mascota, cuando sus padres se divorciaron y en muchos otros momentos en la cual la vida lo había golpeado.

"No, Serena. ¡No te voy a dejar vivir aquí mientras eres la mascota prostituta de una estrella de rock!"

Si fuera a ser su 'mascota prostituta', sería capaz de vender mucho de su sudor en línea, pensó Serena sarcásticamente mientras Josh continuaba gritándole toda su mierda sin sentido. Él parecía haber olvidado por completo su deseo de vender el sudor de ese hombre... ¡algo que ella no haría nunca!

"Necesitabas un lugar para vivir y yo te lo di. No hice preguntas. Pero no permitiré que vivas aquí mientras sales con alguien. ¡Especialmente no si sales con una estrella de rock alcohólica, peligrosa y vanidosa! Cristo, Ser, ¿sé que tus padres son sobreprotectores y todo, pero sabes cómo vive él? Chica diferente cada noche, suficiente whisky para llenar el valle cuando tiene una noche tranquila. Digo, el hombre es un dios en la guitarra, pero el sexo, las drogas y el rock 'n' roll con un cliché por una razón. ¡Él es una de esas malditas razones!"

"Espera. ¿Entonces puedo vivir aquí siempre y cuando sea soltera? ¿Pero cuando comience a salir con alguien, ya no soy bienvenida? Olvídate de Rhys y el tipo de vida que él pueda ofrecerme. ¿Dijiste que no puedo vivir aquí si salgo con alguien?" Esas fueron las palabras que se le quedaron. No puedo vivir ahí si salgo con alguien. ¿Qué diablos?

"Sí, Serena. Es exactamente eso lo que digo." Su voz era fría y llena de ira.

Serena notó que había usado su nombre completo, pero esta vez parecía un ultimátum.

Serena agarró el teléfono de su mesita de noche y avanzó hacia su habitación, buscó el nombre de Rhys sin siquiera leer el mensaje. Ella jugó con la nota que seguía en su mano, aunque estaba arrugada ahora.

Para su sorpresa, él contestó el teléfono. ¿Las estrellas de rock contestaban su teléfono?

"¿Serena?" preguntó él en forma de saludo, había un poco de sorpresa en su voz.

"Uh, sí. Quiero decir, hola, soy yo. ¿Tu propuesta, incluye un lugar para vivir por casualidad? Porque si es así, entonces estoy dentro."

Hubo una risa de alivio al otro lado de la línea. Él no perdió el tiempo, su voz sonaba confiada y segura. "Puedo resolverlo. ¿Cuándo te quieres mudar?"

"¿Hace diez minutos o algo así? Pero está bien en cualquier momento. Tú me dices." Sus manos estaban temblando. ¡Serena no podía creer que acababa de decirle a Rhys Grant si podía mudarse y él había dicho que sí!

"De acuerdo, comienza a empacar, princesa. Enviaré a alguien de inmediato." Él cortó la llamada.

Serena se quedó en su habitación. Josh había intentado tocar antes, diciendo que tenían que hablar. Que se vaya al demonio. Ella se quedó en su habitación otra hora hasta que escuchó que tocaban la puerta. Segundos después hubo alguien tocando la puerta de su habitación. "¿Señorita Woods? El señor Grant me envió a recogerla a usted y a sus cosas. ¿Podría abrir la puerta, por favor?"

Serena abrió la puerta un poco y encontró a un hombre gigante en un traje negro mirándola. "El señor Grant nos envía. Esto es un acuerdo de confidencialidad." Él le entregó un documento. "El señor Grant insiste en que lo firme antes de que la llevemos a usted y a sus cosas." Su voz era fuerte, pero no arrogante. Él se quedó tieso mientras sus ojos se dirigían al NDA.

Serena apenas observó el documento antes de firmarlo rápido y entregárselo al señor Seguridad. Pensó que no tenía sentido leerlo. Sabía lo que Rhys quería de esta "relación" y ella no tenía intención de vender su historia después de todo. Podrá no haber estudiado leyes, pero ella había aprendido algunas cosas en la empresa de su padre y el NDA parecía del tipo 'no me jodas y yo no te joderé'. Si no lo era, como sea. Serena necesitaba salir de ahí.

"¿Podemos irnos ahora?" El señor Seguridad seguía parado en su puerta. Una vez le entregó el NDA firmado, él asintió y otros hombres aparecieron fuera de la puerta de su habitación.

Les tomó menos de quince minutos cargar todas sus posesiones en una flota de SUV de lujo y en poco tiempo el edificio de Josh estaba desapareciendo en el espejo retrovisor.

"Mi nombre es Thomas, señorita Woods." El señor Seguridad se presentó mientras avanzaban. "Llevo casi cinco años con el señor Grant. Si necesita algo, solo comuníquemelo."

"Gracias, Thomas. Soy Serena. Y lo que necesito ahora es que dejes de llamarme 'señorita Woods'."

El coche parecía estar dirigiéndose hacia Hollywood Hills. Tal vez Rhys estaba enviándola hacia la mansión de la fiesta de la banda donde se conocieron.

Serena no tenía idea si vivían ahí o solo habían rentado el lugar para las fiestas. O tal vez solo se metieron esa noche. Aunque eso parecía dudoso. Además, la habitación al final de las escaleras parecía habitada, aunque sería extraño vivir con cinco estrellas de rock, tres de las cuales no conocía todavía.

Sin embargo, la SUV siguió avanzando y no giró en el lugar que debía haberlo para ir al palacio de la fiesta y siguió avanzando hacia Bird Streets.

Su boca estaba seca. Serena podrá ser nativa de la ciudad, pero nunca se había arriesgado a acercarse a Bird Streets. Subiendo por Hollywood Hills, ahí es donde vivían los ricos y famosos, ellos se detuvieron frente a una puerta gris que no revelaba nada de lo que estaba detrás.

Mientras bajaban la velocidad, ella finalmente sacó su teléfono para leer el mensaje que Rhys le había enviado después de que Josh entrara.

Su aliento se detuvo al leer las simples palabras.

No hay problema, como dije, hay ventajas. Cuidaré muy bien de ti, princesa.

10

La puerta gris se abrió lentamente y ellos avanzaron. La SUV avanzó por el camino que terminaba en una puerta cochera y la dejó justo en frente de las puertas dobles que la llevarían hacia su nueva casa, al menos por ahora. Alrededor del frente todo era ventanas, céspedes verdes y caminos de madera.

Thomas le dijo que se sintiera en casa mientras él y sus hombres llevaban sus cosas. El señor Grant bajaría en poco tiempo según él.

Serena aprovechó la oportunidad para explorar. La casa era magnífica. No era del estilo de todos, pero definitivamente era del suyo. Era parecida a las casas lujosas en Bali que había visto en fotografías, con ventanas desde el suelo al techo que resaltaban la vista al océano Pacífico desde el comedor. El área de la piscina estaba rodeada no por una, sino dos áreas de entretenimiento.

¿Era esta la casa de Rhys? ¿Su hermoso escondite personal alejado de los ojos curiosos? Serena pensó en Thomas y sus hombres, los cuales estaban descargando sus pertenencias en este instante, y se preguntó brevemente si estaban colgando sus hermosas ropas de diseñador en el closet de Rhys. Serena sacudió su cabeza para sacar ese pensamiento. Si él quisiera una chica viviendo con él, seguramente habría millones listas para saltar a la oportunidad.

Estoy aquí para un propósito, se recordó Serena. Nada más, nada menos.

Ella entró, solo para chocarse con el mismo hombre en el que pensaba mientras atravesaba la puerta del frente... y con nada menos que tres mujeres abrazándolo.

"Serena", él la atrapó en un abrazo. "¡Me alegro de que hayas podido llegar!"

¿Quién diablos eran estas chicas? ¿Había cambiado de idea? "Chicas, conozcan a Serena, mi novia."

Las palabras no funcionaron para desalentar a las mujeres que parecían supermodelos y estas volvieron a abrazarlo apenas él la había soltado.

Los celos atravesaron sus venas, aunque era algo que no debería sentir. Serena estaba por huir a su habitación para escapar de la escena cuando otro miembro de Misery atravesó la puerta.

Jett Green era igual de atractivo que el resto, aunque le faltaba la calidad magnética que poseía Rhys. Jett avanzó directo hacia la piscina sin siquiera mirarla y apenas había podido quitarse los jeans para cuando saltó.

Cuando salió a la superficie, ya había varias mujeres en bikini en la piscina con él y un hombre con la cara rojiza apareció en la puerta.

"Deacon", susurró la voz de Thomas detrás de ella. "Es su mánager."

¿Contrataron a este tipo como su mánager? Parecía como si necesitara constantemente su inhalador de asma y algo en la vida que pudiera hacerlo feliz.

"Entonces", sonrió él mientras se acercaba a Serena, mirándola sin esconder su inspección. "Eres ella, ¿cierto? Bien hecho, Rhys."

Rhys ya no estaba con las chicas en su brazo y se acercó a ella.

"En serio, Serena, ¡me alegro de que estés aquí! ¿Thomas te enseñó tu habitación?" Él ignoró a Deacon por completo y la miró con una mirada intensa, pero feliz.

"Todavía no, estaban ocupados con mis cosas, así que me puse a caminar para conocer."

"Claro. Sí. Quiero que te sientas en casa. Cualquier cosa que necesites, solo dime a mí o a Thomas y lo resolveremos. Déjame mostrarte tu habitación, ¡te va a encantar la vista!" Él la agarró de la mano y la llevó por las escaleras y le dedicó a Deacon una mirada amenazada que ella no debería haber visto.

Serena lo siguió, todavía maravillándose por estar en una casa tan magnífica como esta.

Él se detuvo fuera de la habitación casi al final del pasillo. "Esa", señaló la puerta al final, "es la mía. Esta es la tuya."

Él entró por la puerta después de abrirla. La habitación parecía ser del tamaño de todo el apartamento de Josh y estaba decorada con el mismo estilo que el resto de la casa.

Había una cama enorme, un área de descanso con una TV, una librería llena de libros que parecían queridos y toda una pared completa de closets. A un lado había un increíble baño blanco.

Sus maletas estaban perfectamente ordenadas al borde de la cama.

"¿Está bien? Es el más grande, además del mío."

Él la miró directo a los ojos y parecía genuinamente interesado en su respuesta.

"Sí, wow, esto es genial." Serena se perdió en esos ojos al voltear para verlo.

"Perfecto. Entonces es tuyo." Sus ojos seguían fijos en los suyos cuando sacudió un poco su cabeza y luego la llevó abajo hacia la fiesta que ya había comenzado.

Una mujer joven que no estaba en bikini estaba sentada en

un sofá del área de entretenimiento mientras bebía un cóctel y supervisaba la escena ante ella con una mirada llena de desdén.

"Ah, ella es Annie, está encargada de hacer que el público nos ame", le dijo Rhys mientras uno de los lados de su boca se elevaba en una sonrisa sarcástica. Serena no podía ver los ojos de Annie, ya que estaban ocultos detrás de unos enormes gafas de sol de diseñador, pero Annie se levantó del sofá con gracia y le estiró una mano con una manicura perfecta hacia ella. Annie llevaba un traje beige con una camiseta blanca pegada y unos tacones bajos. Aunque había estado en el sofá, ella no tenía ni una sola arruga.

"Annie. Estoy a cargo de la pesadilla de relaciones públicas que el mundo conoce como Misery."

Serena aceptó la mano y le dio un ligero apretón. "Serena. Yo..."

"Estás aquí para hacer mi trabajo más fácil en los próximos meses. Solo hazme un favor y no me lo dificultes, ¿de acuerdo? Te escribí mi número, guárdalo. Si te llamo, tú respondes, ¿*capisce?*"

"Sí. Claro. Por supuesto", contestó Serena.

Luciendo satisfecha con la respuesta de Serena, ella regresó al sofá y su teléfono ya estaba pegado a su oreja.

Rhys la tomó de nuevo de la mano y la llevó al bar, ahí estaba Jett mojado y otro tipo alto mezclando cócteles junto a varias mujeres. Serena pensó que ya debería estar acostumbrada a la sensación de la mano de Rhys en la suya y la calidez que sentía cada vez que se tomaban de la mano, pero estaba equivocada.

Rhys aceptó un vaso de lo que parecía bourbon del otro tipo antes de decir, "Jett, Anders, conozcan a Serena."

Ambos se tomaron un segundo para verla. Jett soltó una sonrisa enorme. "¡No vayas a romper su corazón, Serena! ¡Bienvenida a la familia!" dijo Jett con facilidad y luego regresó a mezclar los cócteles.

Por otro lado, Anders no parecía tan contento de conocerla. Serena sabía que él era hermano de Rhys, pero en persona era obvio al ver sus fuertes mandíbulas y sus ojos verde esmeralda. No eran igual de penetrantes que los de Rhys, pero eran hermosos, aunque poco amigables y casi hostiles. Él era más alto que Rhys y más musculoso, aunque no había ni un poquito de grasa a la vista.

Sus manos estaban tocando un ritmo en sus piernas. Cierto, recordó ella, él es el baterista.

"Esta es una idea estúpida, hermano", le dijo Anders a Rhys mientras se alejaba. No se molestó en decirle nada a ella antes de irse.

"Estoy aquí. Son bienvenidos. La fiesta puede comenzar ahora", proclamó una voz desde la puerta hacia el área de entretenimiento en el que estaban todos.

Serena se volteó para encontrar a una de las caras que había encontrado durante su pequeño acoso. El último miembro de la banda que le faltaba conocer.

Luc se acercó al bar y agarró una botella de vodka, tomando un trago directo de la botella antes de reconocer su presencia. Su mirada llorosa, pero fría la revisó lentamente.

"Serena, soy Luc", dijo Luc simplemente antes de que Rhys lo interrumpiera, estaba visiblemente tenso.

"Te ves horrible, hermano."

A Luc no pareció afectarle su comentario y solo levantó su barbilla en dirección a Rhys mientras levantaba su botella de vodka y avanzaba hacia las mujeres en bikini que habían seguido a Jett y Anders a la piscina.

El resto del día fue una usual fiesta en la piscina y el jardín, excepto que esta piscina y jardín debieron costar un par de millones de dólares y habían asistido varias estrellas de rock.

El alcohol fluía con libertad y Jett, Luc y Anders absorbían un polvo blanco de vez en cuando. La música ruidosa salía de parlantes invisibles que parecían estar situados en cada pared del lugar.

Rhys estaba en la piscina en un cisne blanco gigante, su vaso de bourbon nunca dejaba su mano. Él la visitaba de vez en cuando, asegurándose de que tuviera un trago, pero el resto del tiempo mantenía su distancia.

Para cuando el sol comenzó a ocultarse, la fiesta no daba señales de detenerse. Serena no podía quitarle los ojos de encima a Rhys, el cual estaba en una conversación seria con Jett al otro lado del jardín.

Sus shorts negros se pegaban a sus caderas de forma deliciosa. Su cuerpo bronceado era duro y musculoso, pero no demasiado. Serena podía ver el arte de los tatuajes en su espalda, pecho y brazos, aunque no había podido inspeccionarlos como quería, ni había podido descubrir qué significaban.

Sus hombros anchos estaban rectos, mientras estaba cruzando sus brazos en su pecho perfecto y le asentía a Jett. Serena no pudo evitar notar que debajo de sus brazos y ese estómago plano había un pequeño camino de cabello desde su ombligo que bajaba atravesando esa V perfecta que nunca había visto en la vida real hacia un lugar en el que no le importaba pensar con tantas personas alrededor.

Su vigilancia desde la esquina oscura en la que se había ubicado antes fue interrumpida por Luc. Él tenía una toalla alrededor de su delgada cintura, pero las gotas de agua se escapaban de su cabello mojado y caían en sus hombros.

"Entonces, Serena", balbuceó él, claramente bajo la influencia de algo, aunque ella no sabía exactamente qué. "¿Te diviertes?"

"Sí, Luc, claro. Gracias por venir." Serena esperaba que se regresara a la fiesta, pero en vez de eso se sentó junto a ella.

Unos jeans, aparentemente de él por la forma en que registraba los bolsillos, estaban en el sofá junto a él y él sacó una pequeña bolsa que contenía polvo blanco.

"¿Quieres divertirte más?" preguntó él mientras formaba línea en la mesa de patio que tenía frente a él.

Serena se sonrojó. No quería parecer aburrida o como alguien que juzga, pero no había forma de que hiciera eso. Incluso con una estrella de rock. Aunque era una estrella de rock muy apuesta. No era Rhys, pero ya no pensaba que hubiera alguien que le llegara a los talones.

"No, estoy bien, gracias. Pero gracias por la oferta."

Él la miró incrédulo, definitivamente no estaba acostumbrado a que lo rechazaran.

"Es solo que, no, no hago eso."

"¿No usas drogas?" Él le elevó sus cejas. "Entonces eres virgen, no te preocupes. El tío Luc te enseñará. Primero, tú..." Él la miró curioso. Debió haber notado que se estaba sonrojando mucho más cuando mencionó la palabra con V.

"Imposible, ¿eres una virgen de verdad?" Él soltó con una risa y luego absorbió su línea de polvo.

"Debería ir a ver a Rhys y ver si está bien." Aunque no podía verlo ahora, él no estaba con Jett donde había estado antes de que Luc interrumpiera su sesión de vigilancia. Serena se levantó para buscarlo, pero Luc saltó y la agarró de la muñeca.

"Vamos, cariño, el tío Luc también te puede ayudar con ese pequeño problema. ¡Te enseñaré todo lo que necesitas saber y mucho más!" Él la jaló hacia él, su fuerte agarre de su muñeca no disminuyó.

"¿Qué diablos es esto?" escuchó a Rhys preguntar detrás de ella.

"Relájate, Rhy, ¡no te vas a casar con ella! ¿Solo nos estamos divirtiendo, cierto, cariño?"

"Déjala ir, Luc. Ni siquiera te atrevas a mirarla de nuevo. ¿Me has escuchado, hermano?" Sus ojos estaban oscuros mientras la miraban a ella, Luc y el polvo en la mesa y sus puños comenzaron a apretarse a los lados.

Luego la agarró con fuerza por la muñeca y la alejó de Luc.

"¿Y tú? ¿Qué? ¿Uno de nosotros no es suficiente para ti?

¿Planeas recorrerte toda la maldita banda? ¿Y ahora estás consumiendo coca?" Él lucía totalmente enojado.

Serena quedó en shock y en silencio por sus palabras. No tenían sentido. Primero, ella no lo tenía. Todo era falso. Segundo, no era como si Serena quisiera que un Luc borracho y drogado la agarrara. ¡Ella estaba intentando alejarse de él!

Pero las palabras no parecían querer formarse y salir, así que Serena se quedó mirando atónita a Rhys.

"Solo sube, Serena. La fiesta se acabó", dijo Rhys y la miró expectante. Insegura sobre si debía escucharlo, esperarlo a que subiera con ella o ayudarlo a sacar a todos si la fiesta se había terminado, Serena simplemente se quedó ahí parada. "Dije que subas, Serena. ¡Ahora!"

Todavía asombrada, ella se volteó y avanzó con timidez hacia su habitación. Serena colapsó en la cama en su ropa mientras esperaba que ella subiera y hablara con ella. *Me explicaré, no puede estar enojada, nada sucedió*, pensó Serena. ¿Por qué estaría enojado?

Pero él no vino.

Serena le envió un mensaje rápido a Katie y a Mary, haciéndoles saber que ya no estaba con Josh y que estaba segura, pasando algo de tiempo con alguien que había conocido en la fiesta. Eso era lo más cercano a la verdad que podía contar, considerando el NDA. Ella jugó en su teléfono por un rato, pero no hubo señal de Rhys.

La música continuaba, aunque apenas podía escucharla con la puerta cerrada. Después de lo que parecieron horas de espera, ella se quedó dormida, confundida y considerando el gran error que había cometido.

11

"¿Serena? Serena, despierta." Alguien estaba sacudiendo sus hombros mientras sus ojos se abrían reacios, no querían dejar ir el sueño que estaba teniendo antes de esta grosera interrupción.

Sus ojos se abrieron cuando se dio cuenta de que el sueño que no quería abandonar estaba sentado en su cama, unos hermosos ojos irritados que le imploraban que se despertara.

El Rhys del sueño era un amor y un amante gentil. Pero ella quería golpear al Rhys de la vida real.

"¿Qué diablos, Rhys? ¿Desapareces por dos días y ahora no me puedes dejar dormir un minuto?" dijo Serena, mandando al diablo a su aliento matutino.

"Sí, mira, Serena. Lo siento. Debí haberte llamado y decirte que estaría fuera por algunos días."

"¿Y dónde estabas, Rhys?"

La fiesta había sido hace dos días. Hace dos días se había quedado dormida esperándolo después de que la enviara arriba. Hace dos días había estado recorriendo la enorme casa por su cuenta, sin siquiera una sola palabra de él. Podrá no ser su novia real, pero era una persona de verdad. Una persona real atrapada en su casa. Sola. Por dos días. De acuerdo, tal vez no atrapada. Serena podría irse si quisiera, pero una parte de ella temía que si salía, entonces no podría regresar luego.

Así que pasó mucho tiempo en su laptop, leyó más libros en Kindle de los que le gustaría admitir y preparó su comida en su hermosa cocina y generalmente paseaba mientras esperaba patéticamente que regresara.

"Mira, Serena. Lo siento. ¿De acuerdo? No sucederá de nuevo. Estaba preocupado, pero al menos debería haberte dicho cuándo regresaría." Él parecía sincero, pero igual de enojado y un poco irritado con ella por alguna razón.

"¡Sí! Sí, Rhys. ¡Debiste hacerlo!" Serena no pudo evitar el dolor en su voz.

"Dije que lo siento, Serena. ¿Vale? De verdad lo siento, ¡pero ya no lo puedo cambiar!"

Él se quedó callado por un momento antes de continuar, esta vez con la voz más baja. "También lamento lo de la otra noche. Hablé con Luc. Él dijo que no era tu culpa. No te le acercaste ni nada."

"No haría eso, Rhys. Novia o no, yo no coquetearía con tu maldito hermano en tu casa. ¡Nunca!"

"Ya lo sé, ahora lo sé. Solo que…" Él se quedó callado. "Olvídalo. Mira, lamento no haberte dado la oportunidad de explicarlo. Pero necesitamos movernos, ¿sí?" Él pasó sus manos por su cabello y cerró sus ojos. Parecía como si quisiera olvidar un mal recuerdo. Oh, lo que daría ella por pasar sus manos por su cabello y alejar todos sus malos recuerdos…

En vez de eso, ella se sentó. "¿Movernos? ¿Dónde? ¿Por qué?"

"Tuvimos que llevar a Luc a rehabilitación. Ahí es donde he estado. Está completamente fuera de control, se iba a matar si no le conseguíamos ayuda."

Bueno, eso explicaba la mirada de preocupación en su cara.

"Los paparazzi van a tener un maldito día ocupado con este pequeño cliché. 'Estrella de rock en rehabilitación después de gira mundial.' Por eso tenemos que movernos. Para distraerlos."

"¿Quieres decir que necesitas que sea una buena distracción?"

"Sí. Saldremos, iremos a todos los malditos lugares que normalmente evitaría como una plaga para que nos vean, nos agarraremos de las manos, nos besaremos un poco. Lo que sea para alejar la atención de Luc. Necesita enfocarse en mejorarse."

Serena estiró su mano hacia él. "Lamento lo de Luc", comenzó ella, pero él ya estaba avanzando hacia la puerta. "¿Prepárate, sí? Nos vamos en cuarenta", dijo Rhys.

De acuerdo, era el momento de cumplir su parte. Para eso estaba aquí. "Crear la narrativa" para los paparazzi, justo como dijo Rhys.

Serena tomó una ducha rápida y se preparó lo mejor que pudo para su presentación al mundo. Dios, estaba nerviosa. En un par de horas, si hacía bien su trabajo, habría fotografías de ella en todos lados. Demonios. ¿Por qué la había escogido para esto?

Su estilista había venido ayer, una mujer mayor elegante que le había asegurado que era la mejor en la industria. Ella había visto el vestuario de Serena y parecía algo impresionada, pero igual la dejó con un montón de ropa, zapatos y accesorios.

"Me gusta tu estilo, cariño. Pero esto no se trata solo de ti. Tu aspecto también los afecta a ellos. Puedo ver que te vistes tú sola", había dicho ella y Serena se sorprendió al comprender la insinuación de que a los veintidós años no debería de ser capaz de eso, especialmente porque esa era la única cosa que siempre había controlado. "Pero puedes llamarme si necesitas algo, ¿vale? O envíame una fotografía antes de salir si estás insegura." Serena se había enojado, muy segura de que nunca la llamaría, pero se había mordido la lengua y sonrió con amabilidad.

Pero ya no había tiempo para tener dudas sobre su estilista

o por qué la había escogido. Él estaría esperándolo y ya era hora. Serena colocó su cartera en su hombro y agarró unas gafas de sol de diseñador que le habían entregado ayer para una ocasión como esta y bajó por las escaleras.

Él la esperaba en la enorme cocina moderna, luciendo tan delicioso como siempre. Su corazón se detuvo un instante y una calidez familiar recorrió su cuerpo. Sí, estaba enojada con él, pero ella no podía evitar ser humana. Era imposible que verlo no provocara alguna reacción... Imbécil o no.

Él estaba usando lo que ella había comenzado a ver como un uniforme en su mente. Jeans pegados que parecían hechos a la medida para él, aunque pensándolo bien, probablemente lo fueron. Llevaba una camiseta negra que se pegaba a su cuerpo y permitía que se vieran los tatuajes sexys que ella seguía deseando tocar. Unas gafas de sol estaban en su cabello mientras él se inclinaba en la cocina, mirando su Tag Heuer por la hora.

Él levantó la vista cuando ella entró, la revisó por completo y asintió con aprobación.

"Te ves demasiado sexy. Me encanta. Eres perfecta." Él le sonrió mientras buscaba sus llaves y se dirigía al garaje. Serena lo siguió en un espacio oscuro que contenía cuatro coches.

Para su sorpresa, ninguno de ellos era ostentoso. Había una camioneta vieja que parecía que fue roja en algún momento, antes de que la pintura se arruinara y el metal se oxidara. Había un sedán plateado con ventanas negras. Un Range Rover negro y él se estaba dirigiendo hacia un Aston Martin negro. En su mente se preguntó si alguien le daba la obligatoria Range Rover negra cuando alguien se volvía famoso.

Serena no sabía mucho sobre coches, pero incluso ella sabía que el Aston Martin al que se estaba subiendo mientras él le sostenía la puerta era muy costoso y súper lujoso.

"Apenas conduzco esta cosa, pero vamos a salir para que nos noten, ¿cierto?" Él parecía feliz y casi emocionado mientras el motor se encendía y la puerta del garaje se abría.

La multitud de paparazzi que siempre parecía vivir fuera de sus puertas se volvieron locos intentando tomar la fotografía perfecta mientras salían. Varios de ellos ya estaban en motocicletas preparados para perseguirlos.

"¿Qué te parece un brunch? ¿Las parejas comen brunch, cierto?"

"Creo que sí. Además, muero de hambre. Mi novio no me dejó desayunar esta mañana." No estaba segura de poder mantener nada dentro, ya que su estómago estaba lleno de nudos, aunque ella sabía que tenía que intentar comer para las fotografías.

"Suena como un imbécil. Mereces algo mejor", dijo Rhys, sonando como si estuviera bromeando.

"Nah, él me lo compensará luego con un helado", contestó Serena, intentando aligerar el ambiente.

Serena estaba ahí para crear una distracción, una buena. Y mientras mejor lo hiciera, más tiempo podría pasar con él, así que no serviría tenerlo de mal humor durante su primer día como "pareja".

"¿Lo hará, huh? ¿Helado? ¿Eso es todo lo que se necesita?" le soltó a ella y su sonrisa relajada estaba de regreso en su lugar.

Bien. Así necesitaba que luciera.

"¿Y tú qué hiciste sola en los últimos días?"

"No mucho, leí, jugué en línea, exploré la casa... busqué tu ropa interior y las coloqué en el congelador para vengarme." Solo estaba bromeando con lo último, pero su cara se puso pálida por un segundo.

"Me gusta pensar en ti con mi ropa interior", bromeó él o al menos Serena esperaba que estuviera bromeando. Aunque ella no podía ver sus ojos detrás de sus gafas de sol oscuras, en su boca había aparecido una sonrisa traviesa.

"¡Estoy bromeando! ¡No lo hice! Exploré toda la casa, excepto tu habitación. ¡No invadiría tu privacidad de esa forma!"

"Me alegro. Así podré ser yo el que te la muestre." Su corazón comenzó a acelerarse. ¿Él quería enseñarle su habitación? Wow, este hombre era muy confuso... Podrá ser el príncipe de la guitarra para el mundo, pero para Serena era el rey de los mensajes mezclados y los dobles sentidos.

Él estacionó el vehículo de lujo en un espacio reservado para VIP en un restaurante frecuentado por esas celebridades que quieren ser vistos.

Sí, Serena sabía esto ahora. Él podrá haberse ido por dos días, pero ella había hecho su tarea sobre la cultura de las celebridades mientras lamía sus heridas. Su tiempo en la laptop definitivamente le iba a ser útil...

Su estómago seguía con nudos mientras él salía del coche y se enfrentaba con todas las luces de las cámaras mientras rodeaba el coche para abrirle la puerta. Este era el momento. El momento de la verdad. Se sentía como si fuera a vomitar.

Él le ofreció su mano mientras le abría la puerta y la ayudaba a salir del coche, jalándola a su lado y manteniendo su brazo protector alrededor de sus hombros. Las luces eran una locura. Aunque era de día, Serena estaba ciega por las cámaras.

"¿Rhys, quién es ella? ¿Rhys, es cierto que la banda se separó? Rhys, Rhys, Rhys..." era todo lo que podía escuchar. Todas estas personas estaban locas por él. Pero él no dijo nada, la mantuvo segura bajo su brazo y solo sonreía hasta que finalmente atravesaron las puertas del restaurante.

"¿Estás bien?" preguntó él mientras le sacaba una silla en una mesa que era claramente visible a través de la ventana y los paparazzi estaban luchando por una fotografía. Él se dobló para besarle su cabeza antes de sentarse frente a ella.

Él se estiró para tomar su mano por encima de la mesa apenas se sentó y ella no dudó en colocar la suya sobre la de él. Serena esperaba que esas chispas invisibles hubieran desaparecido ya. Este hombre no quería chispas, quería fotografías. Y sin embargo, ahí estaban. Al menos para ella.

"Sí, estoy bien. Gracias por mantenerme cerca. No estoy segura de haber podido entrar si no lo hubieras hecho, ¡esos flashes son intensos!"

Él le apretó su mano. Espera, eso no podría ser para los paparazzi, ¿cierto? Sip, rey de los mensajes mezclados.

"Desearía decirte que mejorará. Pero no lo hace, solo te acostumbras a no poder ver bien."

Una mesera se acercó trayendo una botella con agua helada burbujeante. Ella fue a colocarla en la mesa, pero casi falla al quedarse mirando a Rhys.

Ella debería estar acostumbrada a servirle a personas famosas trabajando en un lugar como este, pero no lo parecía por la forma en que se le salían los ojos de su cabeza. Era linda, pero él apenas la miró mientras colocaba la botella. Estaba totalmente concentrado en Serena.

Casi se sintió mal por la mesera. Casi, pero no mucho. Rhys era su hombre, después de todo. Su hombre falso, claro, pero la mesera no sabía eso. Además, no era amable ver el hombre de alguien más, aunque era imposible no quedarse mirando a este.

Pero Serena siguió su ejemplo y se enfocó en él.

"Gracias", dijo Rhys mientras servía un vaso a cada uno.

"No hay problema. ¡No debería hacer esto señor Grant, pero soy una gran fanática de Misery! Yo..." pero ella no terminó de decir su frase, ya que el administrador parecía estar acercándose.

En vez de terminar, ella asumió un aspecto profesional. "¿Le puedo traer algo más de beber, señor Grant?"

"Me gustaría un café, por favor. Princesa, ¿qué te gustaría?" Princesa. Una vez más. ¿En serio? Estaba vendiendo esto con ganas. Aun así, su corazón se emocionó al escucharlo. Alguien debería decirle a su corazón que no lo decía en serio.

"Un café para mí también, por favor."

"Claro. Los traeré de inmediato. ¿Comerán con nosotros esta mañana?"

"Sí. Tendremos un brunch", contestó él, pareciendo orgulloso por alguna extraña razón. Los menús aparecieron como magia y la mesera desapareció para buscar los cafés.

Rhys seguía sosteniendo su mano, pero ahora estaba estudiando el menú.

"¿Quieres compartir una bandeja de sushi?"

"¿Para un brunch? Pizza de desayuno y sushi de brunch. ¿Nadie te enseñó nunca cuáles son las comidas apropiadas de la mañana?"

Sus ojos se oscurecieron, fue tan fugaz que Serena creyó haberlo imaginado, ya que él estaba sonriendo de nuevo.

"Era pizza de desayuno. Está en el nombre. Y hay más letras que dicen almuerzo en la palabra 'brunch' que desayuno, así que depende de la persona. ¿Sushi?"

"No puedo discutir con esa lógica. Comeremos sushi entonces."

La mesera trajo los cafés y tomó la orden de Rhys. Ella todavía parecía querer pedirle algo, pero mantuvo su boca cerrada.

El sushi estaba delicioso, aunque Serena pensó que debería estarlo, considerando lo que debe costar un lugar así. En realidad se estaba divirtiendo mientras hablaba con Rhys.

Seguía siendo fácil hablar con él, algo que no le agradaba, considerando que una parte de ella seguía enojada con él y su pequeño engaño significaba que estaba totalmente concentrado en ella. Casi se olvidó de las cámaras. Casi. Pero no por completo.

¿Cuántas fotografías podrían tomar de dos personas totalmente quietas?

Serena logró comer sin parecer una idiota. No se le cayó nada ni le cayó salsa de soya al vestido, así que lo tomó como una victoria.

Solo quedaba un pedazo de salmón y Rhys lo levantó con destreza con sus palillos. Él se había comido la mayor parte del sushi, aunque a Serena no le había importado. Años de condicionamiento con su madre resultaron en que ella no comía mucho al mismo tiempo. Pero para su sorpresa, él guio los palillos a sus labios en vez de a los suyos y dijo con suavidad, "Tú te comes la última pieza, para la suerte."

Serena actuó casi mecánicamente, abrió su boca y aceptó con delicadeza el salmón. Ella consideró brevemente que tal vez debería haber intentado actuar más seductora, pero seguramente se hubiera sacado un ojo con el palillo.

"¿Suerte?" preguntó Serena cuando terminó de masticar. "¿Para qué necesito suerte?"

"El resto del día. Ahora que ya comimos, vamos a ir de compras. Voy a llevar a mi novia de compras como el novio perrito faldero, manso y enamorado que soy."

Su corazón se emocionó de nuevo. Tal vez estaba desarrollando una enfermedad del corazón. Hizo una nota mental de investigar si había alguna enfermedad del corazón hereditaria en su familia si volvía a hablarle a su madre.

"Créeme, nunca vas a tener nada de manso y ni siquiera te pareces a un perrito faldero", dijo Serena mientras él firmaba la cuenta. Siguiendo con su costumbre de sorprenderla, él le firmó también la servilleta y se la entregó a la mesera, la cual estaba esperando cerca.

"Gracias por atendernos tan bien", dijo Rhys, dedicándole una pequeña sonrisa que la dejó babeando. Él levantó sus gafas de sol por encima de sus ojos y trajo a Serena a su lado una vez más. *De regreso a los leones,* pensó Serena.

"¿Lista para ir de compras, princesa?" le dijo al oído. La había llamado princesa una vez más y esta vez no había nadie alrededor para escucharlo.

Su corazón volvió a temblar de nuevo. De verdad necesitaba llamar a su madre y descubrir las enfermedades del corazón de la familia.

"¿Estás bromeando? ¡Yo nací lista para las compras!"

Serena le dedicó una enorme sonrisa que él le devolvió justo antes de plantarle un beso inesperado en los labios justo cuando salían del restaurante. Serena pensó que algunas cámaras seguramente atraparon eso. No lo sabía a ciencia cierta, ya que todos los pensamientos racionales abandonaron su cuerpo en el momento que sus labios encontraron los suyos y la redujeron a un desastre tembloroso y necesitado. Él rompió el beso, quedándose ahí por un segundo antes de llevarla hacia el coche.

Los paparazzi los seguían a todos lados, el tamaño de la multitud seguía aumentando de tamaño.

Rhys la mantenía cerca, tocaba su cuerpo en todo momento. Ya fuera su brazo alrededor de sus hombros, sosteniéndose de manos, manteniendo su mano de forma protectora en su espalda baja o con un beso ocasional, siempre se estaban tocando y las cámaras no dejaron de capturarlo todo ni un segundo.

Serena estaba bien siempre y cuando estuviera enfocada en Rhys. No podía comenzar a pensar que muy pronto, estas fotografías iban a ser vistas alrededor del mundo, si es que las primeras ya no habían sido vistas. No quería pensar en la reacción de su mamá, Katie o Mary... mucho menos en la de Josh. Mierda, debería haberles contado.

Serena todavía no les había contado a Katie y a Mary a quién había conocido en la fiesta. No estaba segura de si estaba permitido debido al acuerdo de confidencialidad que había firmado.

Bueno, ya todo estaba hecho. Tendría que llamarlas apenas regresara a la casa.

Se pasaron algunas horas comprando. Si se pudiera tener un orgasmo con la moda, ella lo hubiera tenido. Él le cumplió todos los sueños que tenía al insistir en comprarle ropa. Si se sinceraba, ella no podía resistir la ropa más de lo que podía resistirlo a él.

Cumpliendo su promesa, ambos fueron por un helado, sosteniéndose de manos mientras esperaban sus pedidos y todo el camino hacia la mesa en la pequeña y linda heladería.

Él lamió su helado de pistacho y ella casi se derritió con su helado de menta con chispas de chocolate mientras lo miraba. Él la atrapó mirándolo y le dio a su cono una lamida deliberadamente larga y luego le mostró una mueca satisfecha.

"Lo hiciste bien hoy, Serena", dijo Rhys una vez que estaban de regreso en el Aston Martin y se dirigían a la casa.

"Tú también. ¿Crees que se lo creyeron?"

"Por la forma en que mi teléfono ha estado vibrando en las últimas horas, sí, creo que se lo creyeron todo hasta en el maldito Tombuctú." Él sonrió triunfante.

Serena se dio cuenta de que no había visto su teléfono en todo el día. Toda su atención había estado en ella en todo momento. Era demasiado bueno en esto.

"Siento que tengo un vibrador en mi pantalón", dijo Rhys de forma casual.

No. Debo. Pensar. En. Un. Vibrador. En. Su. Bolsillo. Muy tarde, Serena era solo una humana y él era demasiado sexy. El lugar entre sus piernas estaba ansioso al pensar en sus pantalones, un lugar que llevaba insatisfecho por mucho tiempo.

Serena debió haberse sonrojado un poco, porque él le preguntó, "Hey, ¿estás bien?" mientras atravesaban a los paparazzi colocados fuera de su puerta.

"Claro, sí. Estoy bien. Solo estaba pensando por un segundo. Fue un largo día."

Una vez estuvieron dentro, él colgó sus llaves en su lugar y se dirigió a la cocina. Regreso en breve con un vaso de agua.

"¿Tienes planes para esta noche?"

"¿Uh, no? Solo tengo que llamar a mi hermana y a mi mejor amiga antes de que sus cabezas exploten al descubrir que les he estado ocultando que su estrella de rock favorita es mi novio." Tal vez tendría otros planes para satisfacer ese deseo que seguía presente entre sus piernas, pero ella no iba a contarle eso.

Él se rio un poco. Dios, esa risa. "No, no quisiéramos que

sus cabezas explotaran. ¿Quieres ver una película cuando termines? Nos buscaré algo que comer."

Su casa tenía una sala de proyección, porque aparentemente eso era lo que necesitaba la gente famosa. No podían ver películas en una televisión normal como los mortales, por supuesto.

"Claro, te alcanzo cuando termine."

Serena subió a su habitación, resignada al castigo que estaba por recibir de su hermana y mejor amiga por haberles ocultado esto mientras que Rhys se dirigía al bar y sacaba una botella de bourbon.

12

"¿El tipo que conociste es RHYS GRANT y no me lo dijiste?" Chilló Katie como respuesta cuando Serena la llamó unos minutos después.

"¿Me encanta ese tipo y ni siquiera sabía que lo conocías y ahora te estás acostando con él? ¡La vida no es justa!" se lamentó ella. Katie continuó antes de que Serena pudiera contestar.

"¿Espera, te estás acostando con él? ¿Cómo es? ¡Apuesto a que es bueno! ¡Tiene que serlo! Esas manos deben ser... ¡Dime que es el sexo más increíble!" Ella continuó hablando sin que Serena pudiera decir una palabra.

Mierda. Serena debió haber pensado en esto. Era obvio que las personas asumirían que estaban teniendo sexo. Después de todo, Rhys era un mujeriego conocido. Su cara se encendió al pensarlo. Debió haber hablado con él sobre cómo responder estas preguntas. ¡Serena no podía tomar una decisión sobre de los detalles íntimos de su vida sexual!

En vez de eso, Serena hizo un sonido nada comprometedor con su garganta cuando Katie finalmente dejó de hablar y ella tuvo la oportunidad de hablar.

"Sí, el tipo es Rhys Grant. Rhys Jason Grant." Serena estaba orgullosa de recordar ese pequeño dato después de su pequeño acoso hace algunos días. Una novia verdadera debe saber esas cosas.

Por supuesto, el acuerdo de confidencialidad evitó que le contara a su hermana que no era su novia de verdad, así que ella... se sentía como si le estuviera mintiendo a su hermana, pero ella contestó más de sus preguntas. Las preguntas seguras.

Sí, él es un buen tipo. Sí, me trata muy bien. No, no me ha obligado a nada. Sí, estoy en su casa. Sí, la casa es un palacio. Sí, he conocido a los otros chicos. Sí, también son geniales. No, no actúan cercanos para las cámaras, son como hermanos. Entre otras cosas.

Una media hora después, Serena se dio cuenta de que tenía que cortar esta conversación si es que quería terminar la llamada antes de medianoche.

"Katie, me tengo que ir. Me está esperando y tengo que llamar a Mary."

"Será mejor que no dejes esperando a tu estrella de rock, escuché que no se quedan quietos mucho tiempo." Serena no tenía idea a qué se refería, pero no iba a preguntarle eso ahora.

"Gracias Katie, te amo. ¿Hablamos pronto, vale?"

"¡De acuerdo, te amo, chao chao!" Chilló ella con su despedida usual y luego cortó la llamada.

Serena pasó casi por la misma conversación con Mary, solo que ella parecía preocupada cuando Serena le dijo que tenía que irse.

"Solo dilo, Mary, di lo que te estás aguantando. De verdad tengo que irme."

"Es solo que, solo han pasado como cinco minutos desde que terminaste tu compromiso con Bryan y ahora estás follándote a una de las estrellas de rock más grandes del mundo. Solo estoy preocupada por ti. No quiero que salgas herida de nuevo. Puede que no lo conozca, pero sé que tiene una reputación y la monogamia no está en esa reputación. No quiero que te vuelvan a romper el corazón."

"Lo sé, Mare. Gracias por preocuparte, pero estoy bien. Sé

lo que estoy haciendo." Al menos eso pensaba, pero no quería que Mary se preocupara, así que no dudó en asegurárselo.

"Y no estoy follándomelo, solo estamos divirtiéndonos juntos. Es un gran tipo", le aseguró.

"Si tú lo dices, Es. Me alegro de que te estés divirtiendo. ¿Solo protégete, bien? Y lo digo en todo sentido", dijo Mary y las orejas de Serena se encendieron ante su insinuación.

"Lo haré, Mare, te amo. Hablaremos pronto, ¿de acuerdo?" Serena le hizo la misma promesa que a su hermana y segundos después sus oídos estaban vibrando por el silencio repentino.

Había pasado casi una hora desde que había subido y encontró a Rhys en la sala, sentado en el sofá que parecía más gastado y tenía una vista increíble de las luces brillantes de LA detrás de las enormes ventanas, pero él no estaba apreciando la vista.

En vez de eso, sus ojos estaban cerrados, sus hombros inclinados y él estaba tocando con suavidad una melodía desconocida en una guitarra roja que sostenía con gentileza y casi con reverencia. Sus dedos tocaban el diapasón sin ninguna duda.

Rhys no pareció notar que Serena estaba ahí, así que ella se tomó un momento para mirarlo, había una taza de café a su lado y media botella de bourbon. *Toma demasiado de esa cosa*, pensó Serena mientras se sentaba en silencio en el sofá más cercano sin querer molestarlo.

"¿Te vas a quedar ahí sentada mirándome todo el rato?" preguntó él, todavía con los ojos cerrados. Aparentemente había notado su presencia.

Tocó los últimos acordes y abrió los ojos. "¿Cómo te fue en el teléfono?"

"Muchos gritos. Pero sobreviví."

"Bien, hubiera sido una lástima si no lo hubieras hecho. ¿Asumo que sus cabezas siguen intactas? ¿Sin explosiones?" Él parecía divertido cuando se refirió a su analogía.

"Nah. Bueno, quizás algunas explosiones. Pero también sobrevivieron."

"Bien. ¿Lista para mirar una película?"

"En un segundo. Quiero preguntarte algo primero." Serena pausó antes de continuar, su cara ardía por lo que quería preguntarle.

"Vamos, pregunta lo que sea, soy un libro abierto", bromeó él.

"Uh, es solo que no hemos hablado al respecto. Pero, mi hermana y mi mejor amiga asumieron que nosotros estamos... ya sabes... uh..."

"¿Follando?" dijo Rhys sin nada de timidez. Como si fuera una palabra normal para él.

"Uhm, sí... eso." El alivio por no tener que decirlo la recorrió. "Yo no les dije nada, pero pensé que deberíamos hablar sobre qué decir, no quería meterte en mi vida sexual imaginaria sin consultártelo primero." Sus mejillas estaban encendidas.

"Me gustaría escuchar más sobre esta vida sexual imaginaria en algún momento", dijo Rhys y sus ojos brillaron. "No te preocupes. Las personas van a pensar lo que quieran. Además, no tengo ningún problema en que piensen que estamos follando. Sabía que iban a hacerlo. Por eso tenías que ser sexy", dijo Rhys con una sonrisa desvergonzada.

Serena no había considerado que él debió haber pensado en esto cuando tomó la decisión de contratar a una novia falsa.

"Es un honor estarte follando de mentiras, Serena. Si llegas a decir algo, solo menciona que soy bueno, ¿de acuerdo?" Sus ojos brillaron y dudaron por un segundo. "¿Eso es todo? ¿Lista para la película?" Él ya estaba bajando las escaleras que llevaban hacia la sala de proyección cuando ella recuperó su voz.

"Me dices las cosas más románticas."

"Si eran corazones y flores lo que querías, debiste salir de mentiras con un chico de una banda de chicos."

"Demonios. Tendré que reclamarle a mi agencia de novios

falsos por ese pequeño error." Su risa se escuchó por todas las escaleras.

Serena no podía creer lo fácil que era estar con él. Era como si finalmente pudiera ser la persona que no sabía que era hasta que lo conoció. Él lo había estado haciendo sin ningún esfuerzo que ella no se había dado cuenta hasta ahora que la estaba ayudando a encontrarse a sí misma. La estaba ayudando a tener confianza, a decir lo que pensaba en vez de tragárselo y decir lo que era más apropiado.

Serena sintió un poco de gratitud mientras lo seguía por las escaleras. Era gratitud mezclada con algo más, algo desconocido que ella sospechaba que la lastimaría cuando este engaño terminara. Algo que la lastimaría mucho.

Serena se sentó en uno de los asientos más cómodos de la habitación y miró mientras sus dedos tocaban el control remoto. En poco tiempo estaba pasando películas y luego la miró.

"¿Te parece bien lo nuevo de Marvel? Todavía no he podido verlo. Por cierto, nos preparé sándwiches para la cena." Él señaló una mesita de café que tenía dos platos con sándwiches de jamón, queso y lechuga. Se veían deliciosos.

"¿Marvel? ¿Son superhéroes, cierto?" Su madre nunca había aprobado el género, así que ella no podía decir que lo conocía, pero sí sabía que tenía que ver con superhéroes. Sí vivía en este planeta.

"¿No conoces Marvel? Tendremos que arreglar eso. De inmediato. No puedo estar en una relación falsa con alguien que no conoce Marvel." Podía escuchar en su tono que estaba bromeando, pero su corazón se hundió un poco al pensar que posiblemente podría encontrar a alguien mejor para su relación falsa.

Y resultó que el hombre con millones de fanáticos en todo el mundo también era un fanático. Él pausó la película cuando comenzaron los créditos iniciales para darle un resumen de lo que había sucedido antes de esta película. Él le pasó un sándwich antes de darle a reproducir, bajó las luces y se acomodó en su silla con su sándwich en su regazo.

Y así fue como la ayudó a encontrar algo más que amaba. Las películas de Marvel. Para cuando terminaron los créditos, ella estaba completamente enganchada. Él paró la película y se giró hacia ella, las luces seguían tenues.

"¿Y? ¿Qué te pareció?" Su cara estaba muy cerca y su voz era baja en la oscuridad.

"Yo... ¡me encantó, Rhys! ¡No puedo creer que haya pasado tanto tiempo sin descubrir esto!" le susurró Serena emocionada. Aunque no tenía idea por qué estaba susurrando, no había nadie más presente.

Rhys la miró un segundo más antes de sonreír genuinamente, sus ojos suaves con una mirada que solo había visto dirigida a ella. "¡Genial! Tendremos que continuar tu educación. Pero no ahora. Se está haciendo tarde y tendremos otro largo día mañana." Rhys se levantó y recogió los platos. Serena notó que el vaso de bourbon que estaba colocado en la mesita de café cuando habían bajado estaba intacto. Rhys la ignoró mientras permitía que ella pasara antes de apagar las luces y subir por las escaleras.

"Por cierto, gracias por el sándwich. No sabía que tenía tanta hambre. Eres un buen preparado de sándwiches." Le dijo Serena mientras lo seguía camino a la cocina.

"Sí, soy un buen preparador de sándwiches. Pero soy mejor en otras cosas." Serena se sonrojó. "Puedo hacer un excelente curry de té verde e incluso un mejor pho vietnamita."

Rhys sonrió al notar su cara sonrojada. "Me gusta cuando tu mente se va a lugares pervertidos, aunque preferiría que me llevaras contigo. Y lo que sea que estabas pensando cuando dije que soy bueno en otras cosas, te puedo garantizar que también soy bueno en eso."

No podía admitirlo. Su mente fue sacudida sin duda alguna por su comentario y su cara estaba ardiendo, pero ella no iba a admitir nada. Así que lo negó.

"El único lugar sucio al que fue mi mente fue a las ciudades de Tailandia y Vietnam. He escuchado que Bangkok es bastante sucia." Antes de que las palabras salieran de su boca, ella se dio cuenta a la ciudad que se estaba refiriendo y comenzó a reírse. Ya no podía retractarse.

Rhys también comenzó a reírse. Cuando finalmente se calmaron, él se enfocó en ella. "¿Esa se te escapó, cierto? ¡Pero me alegro, deberías de decir lo primero que se te viene a la mente más seguido!"

"Sí, así fue. Siempre he querido visitar el Sudeste Asiático, así que hay muchas otras ciudades que conozco. Fue un acto fallido, supongo." Serena se limpió las lágrimas que se habían formado en sus ojos por la risa y él volvió a reírse.

"Sí, eso fue. Pero fue increíble…" Rhys comenzó a desviarse. "¿Quieres algo de beber o estás lista para ir a la cama?"

"Podría tomar una taza de té, pero podría ir por una yo sola si quieres ir a la cama." Serena fue hacia la tetera, la llenó y agarró una taza de la alacena que había descubierto cuando Rhys se había ido. Tenía todo lo que necesitaba para hacer una taza de té para la noche.

Rhys pareció sorprendido por un segundo, probablemente por la forma en que se estaba adueñando de su cocina, luego dijo, "Sí, podría tomar una taza de café." ¿Sin whisky?

Serena fue hacia la lujosa máquina de café y examinó los diferentes sabores. Serena había tomado café cada mañana desde que había llegado, así que ya sabía qué sabores le gustaban, pero ella nunca lo había visto tomar café, así que no tenía idea cuál era su preferido.

Rhys debió haber notado su dilema. "Tueste oscuro, por favor."

Rhys se acomodó en uno de los taburetes alrededor de la isla de la cocina mientras ella echaba los granos en la máquina de café y luego regresaba hacia la tetera para preparar su té.

"¿Así que siempre has querido ir al Sudeste Asiático? ¿Pero

nunca has ido?" Rhys la miró con atención mientras se movía en la cocina y preparaba todo.

"No, en realidad nunca he salido de los Estados Unidos. Pero siempre he fantaseado con irme de vacaciones a una isla. Tailandia, Vietnam, Indonesia... todas se ven hermosas."

"Lo son", dijo Rhys. "Hemos ido a algunas de las ciudades en la gira. No he tenido mucho tiempo para explorar mucho, pero es algo que definitivamente quiero hacer."

"¿Cómo es irse de gira? Por los videos que he visto en YouTube, parece que siempre hay una cámara, una nueva ciudad..."

"¿Videos en YouTube?" Rhys arqueó una ceja y ella de repente se sintió avergonzada. "Solo he mirado algunos, ya sabes, para intentar ver en lo que me estaba metiendo. Luego me detuve, no quería invadir tu privacidad como hacen todas las fanáticas", dijo Serena en voz baja, pero luego dejó de hablar.

Rhys no parecía enojado, pero tampoco feliz. Parecía confundido. "¿Te detuviste porque no querías invadir mi privacidad? ¿A pesar de que te pedí que fueras mi novia falsa? ¿Y nunca habías escuchado de nosotros?" Su tono parecía escéptico.

Serena bajó la mirada y la vergüenza y la culpa la embargaron. "Lo juro, Rhys. Me dije a mí misma que permitiera que Milo y Jett, Anders, Luc y tú me dijeran lo que quisieran decirme y cuando quisieran hacerlo. Así que me detuve. Es cierto, salieron muchas cosas sobre ustedes mientras investigaba la cultura de las celebridades para estar un poco más preparada para lo que me espera, pero no he leído nada. Te lo juro." Ahora podía sentir lágrimas a punto de caer. Maldición. Serena sabía que no debía de haber invadido su privacidad como una estúpida fanática y ahora había arruinado todo.

"Oye, oye. Está bien, Serena. Te creo." Rhys la rodeó con sus brazos y la abrazó. "¿No llores, por favor? Está bien." Serena no había notado que Rhys se había parado y acercado, pero luego se relajó en su fuerte pecho, en los restos de su colonia y algo que parecía ser el aroma único de Rhys.

"Lo siento." Serena respiró hondo y se separó. Le tomó toda su fuerza de voluntad, pero sabía que tenía que hacerlo.

"Está bien, en serio. Estaría sorprendido si no lo hubieras hecho. De hecho me sorprende más que te hayas detenido." Su voz ahora era baja.

"Vamos, vamos a la cama. Ha sido un largo día. Hablaremos más mañana."

Rhys salió de la cocina y comenzó a apagar las luces.

"Buenas noches, Rhys", dijo Serena con suavidad y luego subió por las escaleras, sintiéndose un poco avergonzada a pesar de sus palabras.

"Buenas noches, Sese", escuchó Serena desde la oscuridad.

13

Pasó una semana parecida al primer día que pasaron juntos en el ojo público. Se despertaron, aunque ahora desayunaban antes de salir de la casa, Rhys cocinaba y Serena lavaba los platos. Los dos se preparaban y luego salían para ser vistos.

Centros comerciales, restaurantes, atracciones turísticas, cualquier lugar que fuera visible y público. Rhys siempre la mantenía cerca, la hacía sentir segura a pesar de las multitudes y las luces parpadeantes que siempre estaban presentes y preparadas para capturar el momento.

Un par de veces al día, Rhys tomaba una fotografía de ella o un selfie de ambos juntos y la publicaba en sus cuentas de redes sociales, completamente llena de emoticonos lindos. Rhys siempre se aseguraba de que Serena estuviera de acuerdo con cada fotografía antes de publicarla. Serena pensó que era su forma de ser un caballero moderno.

Serena también descubrió que habían aparecido casi doscientos perfiles falsos de Serena Woods en varias plataformas de redes sociales. Una locura sería una forma sencilla de describirlo.

Aunque estaba exhausta, la prensa se lo estaba creyendo todo. Todavía ningún periodista había mencionado a Luc.

Rhys le había dicho ayer que Annie había estado recibiendo pedidos de casi todos los periodistas de entretenimiento en el país para tener entrevistas con ellos. Pero le aseguró que ella los estaba conteniendo.

Sus fotografías estaban publicadas en casi todos los sitios de chismes del internet, al menos los que ella logró encontrar.

Serena había establecido alertas de Google hace algunos días y aunque las fotografías no la molestaban tanto como pensó, algunas de las cosas que decían de ella eran asquerosas.

Su teléfono había comenzado a sonar de improviso la mañana siguiente del primer día que salieron en público. Personas que Serena no recordaba querían ser su mejor amiga y comenzaron a llegar textos de casi todas las chicas que habían sido mala con ella en la secundaria. Incluso estaba recibiendo cientos de solicitudes de amistad en Facebook de extraños.

Para esa tarde, Serena se había rendido y había apagado su teléfono. Rhys le había pedido uno nuevo y solo le había enviado el número a Mary y a Katie. Serena también se había retirado de las redes sociales después de ver una publicación algo aterradora en Twitter, la publicación estaba destinada a una de las cuentas falsas de Serena Woods y provenía de una chica que afirmaba que Rhys siempre le pertenecería.

Extrañamente, Serena todavía no había escuchado ni una palabra de sus padres o de Josh. Katie le había dicho que su madre estaba en shock y que no podía creer que ella le "hiciera esto a ellos". Serena suponía que su madre no sería capaz de aceptar la reputación de Rhys o sus tatuajes.

Cuando no estaban fuera intentando crear una escena, ellos pasaban tiempo en la casa. Milo venía de vez en cuando y habían acordado tener algo parecido a una amistad.

Milo se estaba convirtiendo en lo más cercano que había tenido a un hermano. Apestaba que solo sería su hermano de mentira hasta que Rhys terminara con el engaño. Tal vez si le gustaba lo suficiente la mantendría cerca cuando Rhys y ella terminaran. Al menos eso esperaba.

Milo había alardeado ayer que estuvo afuera en público por casi una hora esa mañana sin ningún paparazzi a la vista. Amaba estar fuera del centro de atención.

Jett había venido dos veces y Anders solo una vez.

Ayer habían estado comiendo un snack juntos en la cocina y cuando ella regresó donde Milo y Rhys estaban en la piscina, ambos habían dejado de hablar, pero no antes de que ella pudiera escuchar decir a Rhys "estoy muy preocupado por él, hermano."

Esa noche habían caído en una rutina. Apenas la persona que estuviera de visita se fuera, ellos cocinaban la cena y se dirigían a la sala de proyecciones.

Era una maravilla doméstica. Bromeaban, hablaban de temas variados, casuales y serios... Se había vuelto demasiado cómoda con Rhys, con estar presente. Todo comenzó a sentirse real. Sip, definitivamente era peligroso.

En las mañanas habían comenzado a ejercitarse juntos. Por supuesto, Rhys tenía un entrenador que llegaba al amanecer para romperle las pelotas.

Marco, el entrenador, decidió que Serena también necesitaba entrenar y la hacía levantarse cada mañana con Rhys para explotar su trasero. Aunque había pasado solo una semana, más o menos, ya estaba comenzando a recuperar el aliento más rápido y estaba comenzando a sentir placer en sus músculos. Por supuesto, también sentía placer al mirar a Rhys con el torso descubierto, sudoroso y perfecto...

"¿Y cómo planean hacer arder los ojos del mundo hoy? ¿Algo planeado para la muestra pública de afecto del día?" No le habían contado a Marco lo que sucedía entre ellos. Todo lo que sabía es que su jefe que solía ocultarse de repente le gustaba ser visto y siempre con Serena.

Hoy había sido planeado más de lo mismo. "No estoy

segura, la verdad." Serena miró a Rhys mientras terminaba su última ronda. "A Rhys le gusta decidir de repente, dependiendo de su humor", le dijo a Marco con más confianza de la que sentía. Serena estaba segura de que Rhys decidía basándose en dónde obtendría más atención, pero no podía decirle eso a Marco.

"Un hombre que le gusta estar en control. Lo entiendo", le dijo a ella antes de gritarle a Rhys. "Ya terminaste, hermano. ¡Buen trabajo!" Chocaron puños y Rhys realizó un clavado perfecto en la piscina.

Marco volvió a enfocar su atención en ella mientras Serena lo acompañaba. "Bueno, siempre parece que ambos se están divirtiendo en las fotografías, así que sigan divirtiéndose. Me gusta el efecto que tienes en él, quédate por aquí, ¿de acuerdo?"

"Claro que sí, Marco." Serena no quería mostrar su confusión, pero no pensaba que estuviera haciendo un buen trabajo escondiéndola en ese último comentario. "Gracias por hoy, nos vemos en la mañana."

"Ánimo."

Serena pensó en lo que había dicho Marco mientras avanzaba hacia su habitación. Luego se quitó la ropa sudada de ejercicio y entró en la espaciosa ducha mientras se sacudía el comentario de su cabeza. No era así, Serena lo sabía. Es cierto, había notado que Rhys estaba tomando menos, pero estaban ocupados e intentando mantener las apariencias, no funcionaría si Rhys parecía tener una resaca todo el tiempo. No es que Serena lo haya visto viéndose algo menos que hermoso, pero había algunas malas fotografías de él circulando en la web.

Hablando de mantener las apariencias, Rhys pensó que sería divertido si los atrapaban en una "posición comprometedora" con su mano en su falda o algo así, aparentemente porque "tiene una reputación que mantener", así le había dicho riéndose anoche.

Serena no estaba segura de si hablaba en serio o no, así que se aseguró de utilizar unas bragas de diseñador del mismo color que su vestido turquesa, solo por si acaso. Serena terminó su atuendo con zapatillas del mismo color y colocó sus gafas de sol en su cabeza.

Rhys soltó un silbido suave cuando la vio bajando por las escaleras. "Te ves caliente, amor. Demasiado", dijo Rhys. Su elogio hizo que todo su cuerpo se encendiera, como si la hubiera tocado. ¿Amor? Esa era nueva. Y no había nadie alrededor. Las mariposas en su estómago amenazaron escaparse de nuevo y un escalofrío la recorrió. Serena intentó contener esos sentimientos, probablemente no era nada más que algo que se le escapó... así que ocultó sus sentimientos y respiró hondo.

"¿Y dónde iremos hoy?" preguntó Serena mientras pasaban en el Aston Martin junto al enjambre de paparazzi que acampaba fuera de su puerta.

"Estaba pensando que quizás podríamos ir a algunos lugares por la playa. Quizás podríamos almorzar en algún lugar de Malibú."

"Claro, ¡no he ido a la playa hace mucho tiempo!" Serena se relajó en el suave asiento de cuero.

Rhys encendió la radio y permitió que el rock suave la embargara, estaba ansiosa por sentir la arena entre sus dedos. Había estado escuchando puro rock desde que se mudó y se había vuelto una fanática. De una banda en particular principalmente, pero necesita comenzar en algún lado, ¿cierto?

En ese momento, su teléfono comenzó a sonar por los parlantes del coche, el nombre de Milo apareció en la pantalla y su voz reemplazo la voz del cantante que estaba sonando.

"¿Estás con Anders, Rhy?"

"No, estoy yendo a la playa con Serena. ¿Por qué?" Rhys dijo eso muy rápido y todos sus rasgos entraron en pánico.

"He estado intentando llamarlo desde anoche. No está contestando. Estoy en su casa y su coche está aquí, pero no está contestando la puerta. Tengo un mal presentimiento, Rhysie."

La voz de Milo sonaba ansiosa y Rhys pareció notarlo también. Su mandíbula estaba apretada y había una vena pulsando en su cuello.

Rhys apretó el acelerador con fuerza con su pie y el coche respondió al instante.

"Estaré ahí en dos minutos." Rhys giró con fuerza a la izquierda, no bajó la velocidad en el giro, pero logró manejar sin problemas.

"Intentaré por atrás", le aseguró Milo mientras desconectaba la llamada.

Rhys no dijo ni una palabra mientras doblaban otra vez. Serena tampoco.

Cumpliendo su palabra, en menos de dos minutos ellos estacionaron afuera de una imponente puerta de hierro negro que había comenzado a abrirse apenas la casa había aparecido a la vista. Serena notó un pequeño control remoto en la mano de Rhys que había aparecido de algún lado.

El coche de Milo, un Mustang rojo que ella reconocía por sus visitas a la casa, estaba estacionado afuera, pero no había nadie a la vista.

Rhys estacionó el coche, agarró unas llaves de la consola entre los asientos y corrió hacia la puerta del frente de Anders, desbloqueándola sin siquiera tocar.

Rhys desapareció en la casa justo cuando Milo corría desde la parte trasera y lo seguía. Serena pensó que ni siquiera la había visto en su prisa.

Insegura de qué hacer, ella los siguió dentro y los escuchó gritando Anders antes de escuchar lo que pareció un grito herido y la voz fuerte de Rhys. "¡Maldición!" gritó Rhys. "¡Anders!"

Al escuchar la voz de Rhys tan herida, todo su cuerpo se congeló y se sintió como si alguien tuviera su corazón en sus manos. Serena giró la esquina para encontrar a Rhys arrodillado en el suelo sobre algo, gritando el nombre de Anders una y otra vez. Después de ver bien la habitación ahora que estaba dentro, ella vio que lo que tenía Rhys al lado era el cuerpo inerte de Anders.

Milo vino volando a la habitación desde donde estaba buscando a Anders e intentó ayudar a Rhys a despertarlo.

Un recuerdo apareció en su cerebro. Ellos estaban hablando de Anders hace unos días, estaban preocupados por él.

Sin pensarlo, ella recorrió la escena en la habitación. Había botellas vacías de vodka y bourbon alrededor del sofá y había varias botellas de pastillas abiertas en una mesita que parecía estar cubierta de una fina capa de polvo blanco.

Mierda. Anders había tenido una sobredosis. No hubo ninguna sombra de duda en su mente. Serena no perdió tiempo, sacó su teléfono y marcó 9-1-1, le dijo la dirección al operador y les pidió que se apresuraran.

Milo ahora estaba en el suelo, estaba quieto mirando el cuerpo inerte de Anders. Rhys seguía moviendo los hombros de Anders y golpeando la cara inconsciente con algo de fuerza. Luego soltó un grito lleno de ira y comenzó a golpear cosas. La lámpara en la mesita de café, luego la misma mesa y su pierna sonó con fuerza.

Sin saber bien lo que estaba haciendo, ella se acercó a Rhys, se arrodilló junto a él, lo abrazó y lo sostuvo con fuerza junto a su pecho. Serena lo sacudió ligeramente.

Para cuando se dio cuenta de lo que estaba haciendo, para su sorpresa, Rhys la abrazó y ahora se estaba inclinando hacia ella, respirando rápida y profundamente contra su pecho.

"Shh", dijo Serena en lo que esperaba que fuera una voz de alivio y pasó sus dedos por su cabello una y otra vez. "Los paramédicos están en camino. Él va a estar bien. Están en camino. Van a ayudarlo."

Serena continuó hablándole de esta forma. Milo seguía sentado en el piso, pero ahora estaba mirándolos con una expresión extraña en su rostro.

"Milo, ¿podrías agarrar las llaves y permitir que la ambulancia entre cuando llegue?" Serena intentó que su voz sonara tranquila, pero lo suficiente urgente para sacar a Milo de sus pensamientos y hacer que se moviera.

Sin decir una palabra, Milo hizo lo que Serena le pidió.

En minutos, Milo estaba de regreso en la habitación junto a los paramédicos. Rhys ya había recuperado el control y se había separado de ella.

Estaba respondiendo las preguntas de los paramédicos, sus ojos seguían salvajes, pero su voz era firme y fuerte como siempre.

"Rhys, dame tu teléfono, bebé", le pidió Serena mientras los técnicos terminaban de colocar a Anders en una camilla.

¿Bebé? Bueno, Serena no sabía de dónde había salido eso, pero había funcionado.

Rhys sacó su teléfono de su bolsillo y se lo dio sin preguntas. Serena desbloqueó el teléfono con el patrón que había visto muchas veces en los últimos días y le envío mensajes rápidos a Deacon y a Annie alertarlos de la situación.

Rhys la agarró de la mano mientras seguían a los paramédicos hacia la ambulancia y miró por un segundo antes de entrar en la parte trasera de la ambulancia con Anders y los técnicos.

"Milo te llevará al hospital con nosotros, ¿de acuerdo?" Su voz estaba firme y confiada. Ni siquiera miró a Milo en busca de una confirmación antes de que se cerraran las puertas de la ambulancia y avanzaran camino al hospital.

Milo cerró la puerta del frente de la casa de Anders con las llaves que tenía en sus manos y fue a abrirle la puerta del Mustang para ella.

Milo estaba callado camino al hospital, sus ojos estaban desorbitados y seguía en shock. Al llegar al hospital, Milo se volteó por primera vez y la miró con una expresión extraña en su cara.

"Sabes, eso que sucedió no fue falso. Gracias." Sin más palabras, ambos salieron del coche y corrieron a la sala de emergencias. A pesar de lo preocupada que estaba por Anders y lo dolida que estaba por lo que debía estar pasando Rhys, ella no pudo evitar reproducir las palabras de Milo en su cabeza. Parecía tan seguro cuando las dijo. ¿No fue falso? ¿En serio? Serena no estaba totalmente segura de eso. ¿Rhys tenía sentimientos por ella? ¿Podría ser? Su cabeza estaba dando vueltas, pero dejó todos esos pensamientos de lado mientras entraban en la sala de emergencias.

Rhys estaba caminando por el pasillo. No dijo nada, pero la atrajo hacia él y la sostuvo con fuerza por unos segundos, respirando con fuerza y pasando su mano por su espalda antes de resumir su caminata por el pasillo. Milo solo se recostó en la pared y cerró sus ojos.

Minutos después llegaron Deacon y Annie. Annie lucía hermosa y completamente bajo control mientras se acercaba con confianza hacia ellos, estaba ladrando algo a su teléfono, el cual parecía estar siempre pegado a su oreja y Deacon también le estaba gritando a alguien en su teléfono.

Nadie dijo nada. Rhys se alternaba entre caminar y sostenerla. Milo era una estatua contra la pared y Deacon y Annie seguían hablando en sus teléfonos. Apenas los saludaron y estaban hablando demasiado rápido como para descifrar sus palabras.

Una cantidad indeterminada de tiempo después, un doctor apareció a su lado. Serena se había perdido mientras miraba a Rhys y aprovechaba cualquier momento que tenía para consolarlo.

"¿Señor Grant?" Él miró a Rhys, el cual se quedó quieto cuando el doctor apareció y la agarró con fuerza una vez más.

"Tu hermano estará bien. Llegaron a tiempo. Vamos a mantenerlo algunos días en observación, pero se ha salvado. Ahora solo necesita descansar. Pueden regresar a verlo mañana."

Rhys, Milo y ella soltaron un suspiro de alivio colectivo y cuando el doctor se alejó, Deacon y Annie estaban ahí, asegurándole a Rhys que habían hecho todo lo que pudieron y seguirían haciendo todo en su poder para mantener a Anders fuera de las noticias.

Los pequeños ojos de Deacon la miraron. "Hay una limusina afuera esperando para llevarlos a casa. Pero no será fácil evitar que la prensa se entere de esto, Rhys, tal vez quieras utilizar a tu pequeña distracción que tienes aquí." Rhys hizo una mueca.

Por un minuto Serena se había sentido parte de la familia, pero las palabras de Deacon hicieron eco en su cabeza. Serena no era parte de la familia, solo era la "distracción" y Deacon se lo había recordado con mucha elocuencia.

"¡No vuelvas a llamarla así otra vez!" Rhys estaba iracundo a su lado, la ira que irradiaba de él era casi palpable. En serio parecía que iba a comenzar a soltar puños de nuevo. Serena podía sentir lo tieso que estaba, sus puños se apretaban a los lados y los músculos de sus brazos estaban tensos.

En vez de hacerlo, Rhys respiró hondo y luego la llevó a la limusina sin dirigirle otra palabra a Milo, Deacon o Annie. Serena podía escuchar susurros furiosos mientras se alejaban y luego escuchó el fuerte "¡Jódete, Deacon!" de Milo mientras sonaba por la sala de emergencia. Afortunadamente, el lugar estaba relativamente vacío y las personas que estaban alrededor solo se alarmaron un poco antes de seguir con lo que estaban haciendo.

Cuando llegaron a la limusina, Rhys la soltó mientras entraban en el vehículo lujoso, la puerta era sostenida por un hombre mayor que llevaba un sombrero. Apenas entró junto a ella, Rhys la agarró con fuerza, la abrazó con fuerza con su brazo, pero estaba mirando al frente.

El escudo de la privacidad ya estaba levantado y en el segundo que la puerta se cerró detrás de ellos, Rhys estiró sus manos para tomar su cara y la miró con una mirada ardiente, sus ojos parecían estar buscando algo en los de ella. Y pareció encontrarlo, porque deslizó una mano en su nuca, la atrajo y presionó sus labios hambrientos contra los de ella.

Sus labios se abrieron apenas sintieron su cálida piel en su mejilla, así que su lengua se deslizó con facilidad en su boca. Su lengua bailó con la suya, tocándola y explorando su boca. Su beso la consumió, la hizo ver estrellas y sentir solo sus labios y su duro pecho. Todo su cuerpo irradiaba calor mientras ella lo besaba con todo lo que tenía en su pequeño arsenal, sus manos finalmente tocaron libremente su cabello. Rhys soltó un gruñido bajo en su garganta cuando ella jaló su cabello y la besó con más fuerza, como si estuviera bajo el agua y Serena fuera el aire que tanto necesitaba.

Serena sintió una de sus manos deslizarse por su pierna, tocando la piel debajo de su vestido y era casi patético lo mucho que deseaba sentir esa mano más arriba y en su interior. Serena nunca había experimentado un deseo como este, esta desesperación de sentir sus manos sobre ella.

Rhys tocó su pierna con su mano llena de callos, seguía besándola como si su vida dependiera de ellos. De alguna forma, sin siquiera romper el beso que estaba liberando un incendio en su sangre, él ya estaba encima de ella y Serena podía sentir su dureza presionándola a través de la ropa. Un gemido escapó de algún lugar de su interior al pensar que este hermoso hombre estaba duro por ella, pero él no estaba solo duro, era un metal en su pierna. ¡Victoria!

Rhys soltó un pequeño gruñido al escuchar su gemido y su mano comenzó a subir. Sus dedos tocaron su clítoris sensible, causando que su cuerpo comenzara a temblar con una necesidad casi dolorosa para que él siguiera tocándola. Rhys bailó sus dedos al borde de la ropa interior, moviendo sus caderas mientras seguía dominando su boca con la suya. Serena sabía que él podía sentir el fuego que ella irradiaba y Serena gimió en su voz una vez más mientras él deslizaba sus dedos debajo del elástico de sus bragas.

Rhys aumentó el nivel, tenía una mano tocando su sexo y la

otra liberando su pecho derecho de su sujetador y apretando su duro pezón mientras ella arqueaba su espalda, intentando presionarse con más fuerza hacia él. Serena necesitaba más, lo necesitaba a él.

Su cuerpo estaba respondiendo a sus manos talentosas de una forma que nunca había respondido antes y ella podía sentir una calidez acumulándose entre sus piernas. Serena no quería que esto terminara nunca.

Rhys le quitó sus bragas empapadas, seguía pasando sus dedos en su sexo y separó su beso por un seguro solo para susurrarle, "Dios, estás tan húmeda para mí" y luego regresó sus labios a los suyos con el hambre de un hombre famélico. Rhys comenzó a trazar círculos alrededor de su clítoris expuesto y Serena vio fuegos artificiales y otro gemido más fuerte se le escapó. Rhys la tocó con suavidad, pero con la suficiente presión y luego pasó su dedo a través de su humedad y en su interior. La sensación era exquisita, ella se estremeció, pero necesitaba más. Sus caderas habían comenzado a moverse contra él por su cuenta y ella no podía detenerlas y tampoco quería hacerlo.

Serena se estiró hacia sus jeans y tocó su duro y grueso pene, apretándolo y acariciándolo a través del material. Rhys la soltó un suave gruñido. "Cristo, Serena, ¿qué me estás haciendo?" Serena gimió en su boca, animada por sus palabras. Serena lo apretó con más fuerza, lo tocó con la palma de su mano mientras luchaba con su botón, abrió la cremallera y metió su mano en su ropa interior.

Rhys se estiró y logró quitarse los jeans y su ropa interior para cuando su mente se dio cuenta de lo que estaba sucediendo. Serena podía sentir su duro pene tocándola, justo en la entrada y luego escuchó su propia voz.

"¡Espera!" Serena se sorprendió tanto como pensó que lo había sorprendido a él. Se separó del mejor beso que haya tenido, su mente seguía llena de lujuria y su voz llena de deseo, a pesar de la palabra que había dicho. Rhys había detenido su mente de inmediato, retirándose de ella y Serena sintió ganas de llorar al sentir su ausencia.

"No puedo, Rhys. No de esta forma", le había rogado Serena en voz baja. Por supuesto, él no tenía idea de que ella hablaba sobre perder su virginidad en la parte trasera de una limusina, pero él entendió el mensaje y en segundos estaba completamente vestido y al otro lado de la limusina.

"Rhys, es solo que", Serena comenzó.

"No, Serena. No debí hacerlo. No sé qué mierda estaba pensando."

"Rhys, por favor. No es eso. Yo...", ella intentó de nuevo, pero él no la dejó terminar.

"Déjalo, Serena. Maldición." Rhys pasó sus manos por su largo cabello y soltó un suspiro largo y lleno de frustración.

No se dijeron más palabras en el camino a su casa. Rhys ni siquiera volvió a mirarla.

Maldición. Ella debió haberlo manejado mejor.

14

Habían pasado días desde que casi perdió su virginidad con Rhys en la parte trasera de esa limusina. Rhys se había ido después, pero no le había dicho que iba a salir o dónde estaba yendo. O con quién estaba… El hoyo en su estómago se sentía cada vez peor cuando pensaba sobre con quién podría estar pasando el tiempo. Rhys había estado bastante afectado y para un hombre que no era conocido por ser monógamo, y alguien que seguía siendo soltero, Serena estaba segura de que él no había pasado la noche moqueando y llorando ocasionalmente como ella.

En el tiempo que había pasado, Serena no había hablado mucho con él. Rhys no parecía interesado en hablar con ella, las pocas conversaciones que habían tenido eran tensas y no contenían muchas palabras. Seguían saliendo a diario, pero no por más de una hora.

Ayer solo hicieron un pequeño viaje a una tienda cercana para comprar cosas que no necesitaban. Rhys usualmente recibía todo por envíos y el último había llegado justo a tiempo.

Estaba claro que él no quería pasar más de ese tiempo con

ella. Serena intentó hablar con él, explicarle, pero él simplemente la cortaba y se rehusaba a escucharla.

Su piel seguía emocionándose cada vez que él la tocaba, tenían que mantener las apariencias, después de todo, y Serena quería que la volviera a besar con desesperación, pero él apenas la miraba cuando no salían e incluso cuando salían, ahora había algo diferente en la forma en que la miraba. Rhys se estaba protegiendo. Incluso cuando salían, sus besos se habían reducido a un pico rápido en la mejilla o en la frente.

Serena había intentado satisfacer la excitación que seguía teniendo en sus piernas cada vez que recordaba la escena de la limusina, pero no había tenido suerte. Seguía ahí. Si su vagina pudiera hablar, ella estaba segura de que la hubiera maldecido e insultado toda la semana. De hecho, ella estaba segura de que estaba vengándose al negarlo lo que ambas necesitaban al no recibir satisfacción de su contacto.

Anders había sido dado de alta del hospital, pero Rhys no le había contado mucho más que eso. No le decía lo que hacía o dónde estaba, él nunca estaba en casa a menos que fuera para recogerla para su salida diaria o cuando la dejaba en casa.

Ayer fue al gimnasio de la casa, esperando calmarse un poco por primera vez desde su última sesión con Marco. Rhys debe tener a Marco entrenándolo en algún otro lugar.

La novedad de no tenerlo ahí se había terminado y ahora solo estaba buscando algo para distraerse. A Serena nunca le había gustado los ejercicios tediosos, pero era una distracción como cualquiera. Distracción. La palabra ahora era horrible para ella y resonaba en su cabeza, la voz burlona de Deacon se la gritaba todo el tiempo.

Aunque Serena no lo había visto, era claro que había estado aquí.

Aun así, Serena tenía una loca necesidad por tenerlo cerca, así que Serena agarró una camiseta que él había tirado hace quién sabe cuánto tiempo e inhaló su aroma. Sudor y la crema de afeitar de Rhys. Todo, excepto Rhys.

Milo le había escrito la mañana siguiente al desastre de la limusina, pero Rhys la dejó con más preguntas que respuestas. Serena volvió a leer la conversación, mirando el teléfono como si pudiera darle las respuestas que necesitaba.

Milo: ¿Qué diablos sucedió, Sese?
Serena: ¿A qué te refieres?
Milo: Rhys y tú. ¿Qué sucedió?
Serena: ¡Nada. En serio... es solo un malentendido, pero Rhys no me deja explicarle...
Milo: Maldición. De acuerdo.
Serena: ¿Por qué? ¿¡Está bien!?
Milo: No, está como un animal enjaulado. Tengo que irme. Te hablo luego, Sese.

Y eso fue todo. Desde entonces solo recibió silencio de Milo. Serena intentó contactarlo, pero el hombre al que había comenzado a ver como un hermano estaba ignorándola. Serena podía ver que estaba leyendo sus mensajes, pero no quería responderle.

Deacon y Annie hicieron un buen trabajo manteniendo la sobredosis de Anders fuera de la prensa tal como lo prometieron, pero como las apariciones en público de Rhys y Serena habían disminuido drásticamente en un corto periodo de tiempo, los rumores habían comenzado a aparecer.

Serena había hablado con Mary y Katie, las cuales parecían muy preocupadas por ella, pero había logrado calmarlas. Querían visitarla ayer, pero los paparazzi seguían acampados afuera y ella tampoco sabría qué decirles. En vez de eso, Serena les dijo que Rhys y ella tenían planes y comenzó a buscar noticias sobre él en línea.

Esto es ridículo, pensó Serena, revisando los artículos que habían sido publicados desde ayer. Algunos periodistas especulaban que se habían separado, mientras que otros especulaban que estaban planificando una boda secreta.

Otro periodista bastante imaginativo estaba convencido de que había sido forzada a abortar el bebé de Rhys por los miembros de la banda que no lo aprobaban y no estaban listos para un bebé en Misery.

¿De dónde sacaban estas cosas?

Sin embargo, también había varios artículos especulando por qué no habían visto a Luc en semanas, varios periodistas acertaron sin saberlo al mencionar la rehabilitación y otros reportaron que Anders había sido hospitalizado, pero que no estaba claro cuál era el motivo.

Las noticias de la sobredosis estaban ocultas por ahora, pero estaba claro que los buitres estaban merodeando. Las personas estaban hambrientas por noticias sobre la banda, pero como no había suficientes noticias de la banda, algunos periodistas parecieron decidir comenzar a inventar las noticias.

Sin embargo, Serena comprendía su frustración, ya que ella tampoco tenía noticias. A pesar de vivir con el mismísimo príncipe de la guitarra.

Justo entonces sonó su teléfono, anunciando un mensaje.

No PUEDO HABLAR AHORA, *te llamo luego. No podré recogerte hoy. Le pediré a Annie que les lance un hueso para que jueguen hoy, estoy planeando algo grande.*

-R

¡QUÉ ROMÁNTICO! Serena hizo una mueca mientras volvía a leer el texto. ¿Qué clase de hueso va a lanzar? No habían salido apropiadamente por días. Ella se rindió...

Resignada a otro día sola, ella agarró su teléfono, sus audífonos y Kindle y salió. En los últimos días había pasado mucho tiempo sola, así que decidió explorar cada esquina de la casa y el jardín, así que estaba segura de que ahora lo conocía mejor que Rhys.

Serena se estiró en una de las tumbonas al lado de la piscina, se aseguró de estar completamente cubierta por la sombra de una sombrilla enorme y luego comenzó a leer. Debió haberse dormido, porque lo próximo que recuerda es escuchar su teléfono sonando y la cara de un Rhys sonriente, con una sonrisa que no había visto en días, estaba en su pantalla.

¿Cuáles eran las posibilidades de que la persona con la que soñabas fuera la razón de que te despertaras? No muchas. Serena contestó, intentó parecer casual, pero no estaba totalmente convencida de no estar soñando.

"Hola", respondió Serena en voz baja.

En un rincón de su cabeza ella sabía que no pasaría mucho tiempo antes de que le pidiera que se fuera. Solo esperaba que hoy no fuera el día.

"Hey, princesa", dijo Rhys. ¿De dónde diablos salió eso? ¿No habían hablado más que algunas palabras en toda la semana y ahora estaba relajado y llamándola princesa de nuevo?

Serena escuchó risas de fondo y alguien silbando, alguien que se parecía sospechosamente a Milo. Al menos ahora sabía que él estaba con la banda. Serena había tenido pesadillas que lo incluían a él teniendo sexo con una chica diferente cada noche y quedándose en sus casas para poder evitar su presencia. Tal vez eso había estado haciendo y solo ahora estaba con la banda... Su corazón se apretó al pensarlo. Serena no lo había visto con ninguna chica. No había nada en sus redes sociales o alguna noticias, excepto algunos artículos sobre sus pocas salidas, aunque eso no demostraba lo que ha o no ha estado haciendo.

"Escucha, siento mucho lo de la otra noche. No debí hacerlo. Estaba fuera de lugar, ¿de acuerdo? ¡No debí haberte forzado de esa manera! Lo siento mucho, mucho. ¿Podrías por favor perdonarme?"

Aturdida. Esa era la única palabra que podía describir sus sentimientos por lo que acababa de decir y el que lo haya dicho.

"Whoa, detente, vaquero." ¿Qué era ella, una idiota? De

todo lo que podía haber dicho, dijo *¿detente, vaquero?* ¿En serio? Ya era tarde para retractarse, así que ignoró la risa al otro lado de la línea y dijo lo que pensaba.

"¡No forzaste nada, Rhys! ¡Créeme! ¡Yo lo quería tanto como tú! Fue algo completamente voluntario, es solo que, yo no quería... ah... si las circunstancias hubieran sido diferentes, yo no te hubiera detenido." Rhys se rio y luego soltó un suspiro de alivio, pero no dijo nada más al respecto.

"¿Entonces, seguimos haciendo... nuestra cosa?"

"Sí, Rhys. Por lo que a mí respecta."

"Bien. Genial. Porque tengo una enorme distracción preparada para esta noche. ¡Y te necesito para eso!"

"¿De acuerdo, hay algo que pueda hacer para ayudar?"

"Estoy enviando algunas cosas. ¿Escoge lo que te guste y prepárate para las nueve?"

"¿Eso es todo?"

"Sí, princesa, por ahora. No voy a tener tiempo para recogerte, así que le pediré a Thomas que te traiga. ¿Está bien?"

"Sí, claro. Me agrada Thomas."

Serena escuchó el timbre de la puerta en la casa.

"Creo que lo que me has enviado acaba de llegar, Rhys, así que tengo que irme."

"¡Te veo luego, princesa!"

¿Por qué está volviendo a llamarme princesa? ¡Es cierto, a Serena le encantaba! ¿Pero por qué lo hacía? La banda debería llamarse Mystery. Serena soltó un suspiro y entró para abrir la puerta.

Parecía que había comprado toda una tienda por la cantidad de cajas y bolsas que estaban siendo colocadas en la sala por los mensajeros.

Serena firmó el envío y esperó a que la puerta se cerrara detrás del coche antes de regresar a la sala. Luego comenzó a abrir los paquetes de inmediato. ¿Por qué no? Estaba sola. La chica de la limpieza no había venido hoy.

Poco después de que ella se hubiera mudado, Serena

insistió en que no necesitaban un ama de llaves a tiempo completo, al menos por el tiempo en que ella estuviera ahí. Rhys seguía pagándole un salario completo, así que Serena la animó a seguir su educación en su tiempo libre y tal vez encontrar algo que le apasionara. Ella prácticamente la había besado y Rhys se había reído mientras ella murmuraba algo sobre hijos y se apresuraba. Ella seguía atenta cada mañana cuando no estaba aquí y se aseguraba de que las compras fueran enviadas a tiempo.

Su aliento se detuvo cuando vio el primer vestido que le había enviado. ¿Qué diablos? La última vez que le había enviado ropa, toda la ropa era elegante y hermosas obras maestras de diseñadores. Estos vestidos no eran eso.

Cinco vestidos en total. Todos igual de escandalosos. ¿Quería que se vistiera como una cabaretera?

El primer vestido que abrió estaba hecho solo con perlas blancas, estaban sostenidas por una capa casi invisible de material y estaba segura de que las perlas no cubrirían su trasero. El escote era tan bajo que apenas cubriría los pezones de una chica poco proporcionada y aunque ella no había estado al frente de la fila el día que fueron entregados los pechos grandes, tampoco había estado en lo último. No había forma de que ese vestido pudiera cubrir todos sus pechos.

Sin embargo, los otros tres eran cortos, pero en vez de perlas tenían plumas. Muchas plumas coloridas y lentejuelas y corpiños apretados que Serena no estaba segura de que pudieran cubrir mucho.

Serena terminó escogiendo el último porque le gustó más el color.

También tenía plumas, pero solo algunas plumas de pavo real por debajo del escote. El corsé del corpiño del vestido parecía apretado, pero era de un turquesa brillante y hermoso que le encantó.

La "falda" era de tul negra que ella estaba segura de que sería transparente en la luz, pero ella tenía unas bragas negras hermosas que la cubrirían lo suficiente y parecerían parte de este vestido.

El resto de las cajas y paquetes contenían artículos para la cabeza, accesorios, joyería, maquillaje, perfume y zapatos.

Serena revisó con cuidado el resto de las compras y seleccionó el resto de su vestimenta. Si iba a verse ridícula, al menos lo haría apropiadamente.

Aun así, ella debería confirmar si esto era una broma o si esto es lo que de verdad quería que usara.

Serena sacó su teléfono de debajo del montón de plumas, telas, corpiños y muchas otra cosas y escribió un texto rápido.

Serena: ¿En serio? ¿¿Cabaretera?? ¡Me voy a ver ridícula en todo esto!

Su respuesta fue casi instantánea.

Rhys: Nunca te verías ridícula. Te vas a ver sexy.

Serena: ¿Sexy? ¿En serio?

Rhys: ;)

Rhys: No te preocupes, no serás la única que irá vestida así.

Serena: ¿Tú también te vestirás como cabaretera? ¿Cómo será tu vestido?

Rhys: Jaja. Lindo. Yo siempre me veo lindo. Apuesto a que me veré bien.

Serena: Eso es cierto, señor. Casi siempre. Pero creo que necesitaremos probar tu teoría antes de aplicarla.

Rhys: Me tengo que ir, princesa. Mucho por hacer. Hablaremos sobre eso más tarde...

Por alguna razón, su boca se había secado en su último texto.

Serena: De acuerdo. Te veo más tarde

Si ella iba a hacer esto bien, será mejor que comenzara a alistarse. Si hubiera sido otra persona la que le hubiera pedido que usara esto, ella nunca hubiera aceptado, pero era Rhys, así que solo suspiró mientras agarraba todo lo que necesitaba y subía las escaleras hacia el baño.

15

Casi se rompió un par de huesos para entrar en el vestido, pero eran las 9 en punto y ya estaba lista. Finalmente. Huesos intactos.

Serena se miró una última vez en el espejo y fue hacia Thomas y el coche que la llevaría hacia Rhys.

Quince minutos después, Serena salió con los ojos abiertos de la SUV que Thomas había estacionado en frente de un club.

Serena se había esforzado mucho con su maquillaje y había pasado casi una hora para crear la sombra de ojos ahumados perfecta. Incluso había aplicado algo de brillantina. Ella había amarrado su largo cabello negro y había colocado una pequeña pluma. Aretes turquesas con plumas colgaban de sus orejas y ella había completado el traje con unos tacones negros.

Serena se sintió escandalosa fuera del club, pero una vez que estuvo dentro, ella vio que todo el club se veía igual. Estaba decorado como un club burlesque y la persona que estaba pagando por este evento no había escatimado para asegurarse de que todo estuviera perfecto hasta el último detalle.

Había meseros circulando con champán en copas de cóctel, bailarines arlequines en sedas aéreas, luces parpadeantes e incluso había una chica en el escenario haciendo un acto y desnudándose hasta quedar en cubre pezones.

Serena no vio a nadie conocido, pero como si la estuviera llamando, ella sintió una atracción hacia el lado izquierdo del escenario y ahí estaba él.

Estaba vestido como un caballero de 1920 y parecía que hubiera salido de una fiesta de la casa de Jay Gatsby y hubiera llegado directo a esta fiesta. El aspecto le favorecía, aunque a quién engañaba, a él todo le quedaba perfecto.

Rhys la miró abiertamente mientras caminaban para encontrarse en el atareado club. Finalmente, al encontrarse en el medio, él la atrajo hacia sus brazos como si no pensara dejarla ir otra vez y le susurró al oído, "¡Definitivamente, muy sexy!"

Serena se inclinó hacia él y un escalofrío recorrió su columna al sentir su aliento cálido en su oído. A ella le gustaba esto, le gustaba demasiado. ¿Sería posible que a él también? Parecía que sí por la forma en que la tocaba, pero...

Sus pensamientos se detuvieron por completo cuando apareció el primer flash. Luego hubo un millón más. *¿Reporteros?* Pensó Serena aturdida. ¿Quién había invitado a los reporteros?

Serena recordó sus palabras en la tarde. Estoy planeando algo, había dicho Rhys. Él los había invitado. Todo esto era parte de la actuación. Los deliciosos escalofríos que había sentido por su columna hace segundos se habían asentado en su estómago como bloques de hielo. Maldición.

Cuando finalmente la soltó, una bandada de chicas con poca roca cayó sobre Rhys y él permitió que lo abrazaran. Justo en frente de ella. Con los reporteros ahora dispersos, él parecía no tener ni una preocupación. Serena agarró una copa de champán de un mesero que pasaba y se la tomó de un trago. Afortunadamente, otro mesero pasó y ella aceptó otra copa.

Serena se volteó para mirar a los otros cuatro miembros de Misery sentados en una mesa. Sí, los cuatro. ¿Qué estaba haciendo Luc aquí? ¿Y por qué estaba Anders en un club después de haber sido dado de alta del hospital hace tan poco tiempo?

Milo la saludó y todos la saludaron felices, excepto Anders. Él solo le asintió.

"¡Luc! ¡Esto es una sorpresa! ¿Qué estás haciendo aquí?"

"Vine a casa al comienzo de la semana. Estaba cansado de ese lugar. Es aburrido. Y estoy bien. Además, parece que regresé justo a tiempo. Hemos estado encendidos toda la semana con lo nuevo de Rhysie. ¡Parece que la magia regresó para nosotros!"

¿Rhys había escrito nuevas canciones esta semana? Bueno, ahora estaba intrigada.

"Es bueno verte. ¿Cómo estás?"

"Estoy bien, en serio. Te debo una disculpa, Serena. Mi comportamiento la noche que nos conocimos fue horrible. De verdad lo siento. ¿Me disculpas?"

Los chicos de Misery estaban repletos de disculpas hoy. Aun así, él lucía muy sincero, así que ella asintió mientras Milo y Jett celebraban.

"Va una, solo faltan dos millones", bromeó Jett mientras le daba una palmada en la espalda a Luc. Al menos Serena pensó que estaba bromeando. ¿Luc no podría debe dos millones de disculpas, ¿cierto?

"Tenemos que subir en un minuto, chicos", dijo Anders.

"¿Van a presentarse esta noche?" preguntó Serena. ¿Cuándo sucedió eso?

"Sip, una presentación improvisada para sentir las reacciones de los fanáticos por los nuevos temas. Solíamos hacerlo todo el tiempo, pero nos detuvimos porque siempre estábamos de gira los últimos años. No teníamos tiempo. Rhys sugirió que lo hiciéramos y todos estábamos de acuerdo. No he estado en un escenario en más de un mes, ¡eso no puede ser!" explicó Milo, su voz estaba llena de emoción y sus ojos brillaban.

"Es hora, caballeros. Te veo después, Serena. Disfruta del

show", dijo Luc, guiñándole un ojo. ¿De qué era eso? ¡Estos tenían que ser los hombres más confusos del planeta! Ninguno le había hablado en casi una semana, sin embargo ahora estaban siendo amigables y guiñándole el ojo y pretendiendo que todos eran viejos amigos… ¡Incluso los que nunca fueron sus amigos!

Jett vio a Rhys y asintió hacia el escenario. Rhys pareció comprender y se alejó de inmediato de las chicas que lo rodeaban.

Apenas subieron al escenario, la música se detuvo y todos los ojos del club estaban enfocados en ellos. Ahora sabía que ellos habían llenado estadios en todo el mundo, así que unas cuantos cientos de personas era algo fácil, pero igual se sentía nerviosa por ellos.

Jett entró en un círculo de luz en el centro del escenario y le pareció difícil creer que era el mismo tipo con el que había estado bromeando hace algunos minutos. Un rugido estruendoso sonó de la multitud cuando él tomó el micrófono.

Con lo cerca que estaba del escenario, Serena podía ver a todos, aunque solo Jett estuviera bajo el foco. Rhys permitió que la multitud se calmara por unos momentos y ella se tomó el tiempo de mirarlos con atención.

Misery, en toda su gloria en el escenario que dominarían en unos minutos, eran algo hermoso que presenciar. De repente deseó que Mary o Katie estuvieran aquí para compartir este momento.

Ahora era fácil ver por qué se convirtieron en dioses internacionales del rock. Aunque Serena sabía que había estado bromeando con ellos hace algunos minutos, su cerebro no podía comprender que esos tipos en el escenario eran los mismos.

Rhys tenía su guitarra Gibson roja que le había visto tocar en casa, sus ojos ardientes mirando la multitud y aunque estaba segura de que no podía verla, Serena sintió que su mirada estaba enfocada en ella. Ahí ya no estaba el chico complicado, pero divertido con el que había pasado horas mirando películas y jugando a la casita. El cual había llegado a conocer e incluso a amar. Era demasiado hermoso y su postura era poderosa, determinada y exudaba confianza y atracción sexual.

Luc estaba en diagonal a Rhys, sosteniendo su guitarra casi con gentileza mientras esperaba que el cantante comenzara. Él lucía más en paz de lo que nunca lo había visto y miraba a la multitud con atención. Sus ojos estaban enfocados, no estaban llorosos y desenfocados como en su primera reunión.

Milo estaba detrás del teclado, su cabello rubio brillaba, su cara estaba firme y sus ojos enfocado. Parecía irradiar supremacía por su postura detrás de su instrumento elegido, como si su cercanía le diera fuerza.

Anders había agarrado sus baquetas con una pequeña sonrisa y parecía casi aliviado de estar detrás de su batería. Su padre había tenido una expresión similar cuando Serena era joven y él había llegado a casa para encontrar a su familia esperándolo sonriente. Era extraño que Anders llevara esa sonrisa, como si hubiera llegado a casa.

"Hemos estado trabajando en un par de canciones y los hemos invitado esta noche porque queremos que sean los primeros en escucharlas." La voz perfecta de Jett sonó a través del micrófono.

Sin decir nada más, Rhys entró en una piscina de luz que había aparecido frente a él, tenía la cabeza inclinada y los ojos cerrados mientras tocaba las cuerdas con su mano derecha y su mano izquierda tocaba los acordes en el diapasón que sus dedos encontraron sin esfuerzo. Serena se quedó sin aliento al mirarlo ahí parado, confiado y poderoso y demasiado hermoso para expresarlo en palabras.

Unos segundos después, todos los chicos se unieron y Jett comenzó a soltar las primeras líneas de su nueva canción.

La multitud, Serena incluida, estaba escuchándolo tocar, todos estaban cautivados por ellos.

A la mitad de la canción, un pensamiento que no podía comprender todavía estaba saliendo de algún lugar de su mente. Esta canción parecía ser personal. Serena podría no tener ninguna experiencia componiendo canciones, pero había leído en las últimas semanas que las personas solían usar sus propias experiencias cuando escribían una canción.

Serena pensó en lo que Luc había dicho antes sobre las canciones que había escrito Rhys, aunque no tenía idea si él las había escrito solo o cómo había sido el proceso.

Mientras ella lo miraba, él de repente volteó la cabeza ligeramente y pareció encontrar sus ojos justo cuando Jett comenzaba a cantar sobre una chica que lo había sorprendido y por quien tenía sentimientos reales que nunca había sentido antes.

Luego lo comprendió, ¿sería posible que esta canción fuera sobre ella? ¡Imposible! Su corazón latió con tanta prisa que Serena pensó que no era saludable y el aire desapareció por completo de sus pulmones. Serena de verdad necesitaba hablar con su madre sobre las condiciones genéticas del corazón en su familia. Estaba segura de que necesitaría visitar un doctor.

16

Misery tocó tres canciones nuevas antes de bajar del escenario entre aplausos. Jett, Milo y Anders perdieron sus camisetas en el transcurso del pequeño concierto y recibieron los gritos de apreciación de los miembros femeninos de la multitud y Jett comenzó que los miembros de cuerdas estaban inseguros esta noche, eso ocasionó que Rhys se levantara un poco su camiseta, antes de sacudir su cabeza y sonreír de una forma que la había dejado mareada y excitada. Algo que probablemente le sucedió a todas las mujeres y algunos hombres de la multitud.

Rhys camino directo hacia ella desde el escenario y la abrazó. Él estaba muy sudoroso, pero a Serena no le importó. Serena aprovecharía estos momentos siempre que pudiera, estos momentos donde todo parecía real. Serena lo olfateó, sudor y whisky y algo más que era completamente único de Rhys.

"¿Te gustan?" le preguntó al oído sin soltarla.

Serena lo soltó para mirarlo a los ojos, pero ella puso sus manos en su cadera para no romper el contacto físico que tenían. "Me encantan. ¡Son maravillosas, Rhys! ¡Eres maravilloso!"

Luego él la volvió a abrazar y comenzó a saltar un poco. ¿Un abrazo saltando? De acuerdo...

Los saltos abrazados no duraron mucho, ya que alguien se había aclarado su garganta detrás de ella y Serena volteó para mirar la sonrisa divertida de Milo. Jett, Luc y Anders estaban detrás, todos llevaban botellas de agua y estaban completamente vestidos. Ellos le lanzaron una botella de agua a Rhys, el cual la atrapó y la bebió de golpe mientras mantenía su otro brazo con firmeza alrededor de su cintura.

Serena los siguió hacia una mesa en la esquina y se sentó al lado de Rhys. Jett, Milo y Rhys pidieron un whisky cada uno de una mesera que parecía que se iba a desmayar porque le estaban hablando. Rhys pidió una copa de vino para ella mientras que Luc y Anders siguieron bebiendo agua.

Serena se sentó al lado de Rhys, escuchando su conversación, bebiendo su vino y disfrutando de la compañía de la banda. Se había acostumbrado a ellos, se sentía más cómoda aquí con ellos de lo que se había sentido en su propia casa con sus padres por años. Eso era algo aterrador.

Aunque era más aterrador pensar que se sentía parte de su familia, pero no lo era. En algún momento, Rhys podría terminar este juego que tenía con ella y Serena nunca los volvería a ver. ¡Serena tuvo una probada de eso en los últimos días y fue horrible!

Maldita sea, ya podía sentir las lágrimas en sus ojos. Pero nadie pareció notarlo y ella intentó colocar una sonrisa en su rostro antes de que alguien lo notara. Al menos ella había pensado que nadie lo había notado, pero Rhys la estaba mirando con una expresión extraña en sus ojos, así que tal vez sí lo haya notado. Él le sonrió y clavó sus ojos azules en sus ojos verdes, ocasionando que su estómago se revolviera. Serena nunca se acostumbraría a esa sonrisa.

"¡Vamos princesa, bailemos!" Él saltó y la llevó a la pista de baile. Por las próximas horas, eso fue lo que hicieron, bebieron y bailaron mucho y sus pensamientos depresivos habían desaparecido de su cabeza. Al menos lo seguía teniendo hoy. Serena iba a permitirse disfrutarlo mientras durara.

Rhys la sacó de la pista de baile después de una canción agotadora que les inspiró muchos saltos y la llevó a la mesa. Ahora estaba vacía, los chicos debían estar en otro lado, aunque Serena no podía verlos.

"Ya regreso, princesa. Voy a buscarnos otro trago." Rhys desapareció en la multitud y Serena sonrió mientras él se alejaba. Rhys había sido tan dulce esta noche...

Serena se relajó en su silla y miró a su alrededor, admirando los vestidos cubiertos de perlas y plumas. Ahora que había estado rodeado de ellos por algunas horas y había bebido algo de vino como ayuda para lidiar con lo pequeños que eran, ella había comenzado a apreciar la belleza que había en ellos.

Sin embargo, lo que no apreció era la persona o personas que habían aparecido en su vista y ahora estaban caminando hacia ella. Su corazón se detuvo y sus orejas vibraron. Bryan. Bryan y esa mujer de cabello oscuro que había estado follando la noche que lo sorprendió en su apartamento.

¿Por qué se estaba acercando con ella? Aun así, él caminó directo hacia Serena y ella se levantó de su silla para evitar que la mirara desde arriba, al menos físicamente.

"¿Qué estás haciendo aquí, Serena? ¿Y por qué estás vestida como una prostituta? ¿Estás trabajando de mesera ahora que no te llevas con tus padres? ¿Oh, te acuerdas de Andrea? Casi la conociste en mi apartamento." Su mano estaba presionada con firmeza en el trasero de Andrea mientras casi se la lanzaba.

Serena sintió, aunque no lo podía mirar, que Rhys se estaba acercando a la mesa y él apareció como magia a su lado en el momento exacto que Bryan había terminado su oración. Serena se volteó hacia él, rodeó su cintura con sus brazos y se inclinó para besarlo profundamente.

Si estaba sorprendido no lo demostró. En vez de eso, él hizo bien su parte, la atrajo hacia él con tanta fuerza que ella pensó que no se podría colocar una hoja de papel entre ellos y la dejó completamente sin aliento, todos sus pensamientos se habían evaporado.

Rhys rompió el beso con gentileza, pero no la soltó. Serena se volteó hacia Bryan mientras seguía abrazada de Rhys. "Uh no, no trabajo como mesera. Él es mi nuevo novio, Rhys. Rhys, conoce a Bryan y Andrea", dijo Serena con dulzura.

La cara de Bryan se transformó al notar quién era Rhys y él se puso pálido cuando le estiró una mano a Bryan. "Encantado de conocerte. Cualquier amigo de mi princesa es un amigo mío", dijo Rhys con facilidad.

Sin decir palabra, Bryan se volteó y se fue resoplando, llevándose a una Andrea indecisa detrás de él.

Rhys todavía no la había soltado mientras miraba a Bryan y Andrea desaparecer en la multitud. "Sabes", le susurró a ella, todavía rodeándola con sus brazos. "No estaba listo para terminar con ese beso y con lo que me estaba haciendo. ¿Quieres ir a otro lado?"

Serena se volteó para mirarlo. "Por supuesto." Ella estaba segura de que seguiría a este hombre al infierno, siempre y cuando siguiera tocándola.

17

Rhys la llevó al área privada del club en el segundo nivel que ella no había notado, estaba completamente desierto a excepción de ellos.

Rhys la llevó a una cabina acolchada y continuó lo que estaba haciendo, encendiendo su cuerpo con besos, deslizando su lengua contra la suya y colocándola en su regazo mientras el calor se acumulaba entre sus piernas. Como si tuvieran vida propia, sus caderas comenzaron a moverse contra él y ella podía sentir su duro pene tocándola.

Rhys deslizó una mano por su muslo, tocándola con suavidad y creando una presión imposible entre sus piernas. Su otra mano bajó su vestido y comenzó a masajear su pezón izquierdo de inmediato.

La otra mano en su muslo comenzó a acercarse a su sexo, el hecho de que estuviera sobre sus bragas solo la hizo ver más estrellas y aumentar los gemidos que escapaban de sus labios.

Rhys también estaba agitado y parecía tan involucrado en esto como ella. Rhys empujó sus bragas a un lado y comenzó a trazar pequeños círculos por su clítoris.

Olviden lo que había dicho antes de seguirlo al infierno, esto definitivamente era el cielo. Serena gimió con más fuerza y arqueó su espalda, rompiendo el beso, pero exponiéndole sus pechos. Rhys respiró hondo mientras se tomó un momento para apreciarlos, sus pupilas estaban dilatadas y su boca entreabierta, luego colocó esos labios deliciosos en sus pezones.

Rhys alternó su mano y boca entre ellos, mientras su otra mano deslizaba lentamente un dedo en su interior, todavía trazando su clítoris con el pulgar.

Rhys podrá ser un músico, pero el hombre conocía muy bien el cuerpo femenino. Todas esas bromas y comentarios que había leído sobre lo bueno que era con sus manos por la forma en que tocaba la guitarra aparecieron en su cabeza. Serena intentó no pensar en cómo había aprendido todo esto y se enfocó únicamente en el efecto que causaba en ella.

Serena nunca había tenido un orgasmo inducido por algo más que su mano. Bryan había hecho el esfuerzo, pero las sensaciones que Rhys estaba ocasionando eran algo que nunca podría haber imaginado. La presión que crecía en el interior de Serena era casi dolorosa, pero ella estaba acercándose a un cierto borde, algo que nunca había sucedido.

Rhys continuó besándola, tocándola y chupándola y antes de darse cuenta, su cuerpo se quebró en un millón de pedazos mientras ella encontró su liberación.

Rhys se detuvo por un segundo, permitiéndole saborear la sensación antes de volver a reclamar su boca de nuevo y luego la volteó de espaldas en la cabina con un suave sonido en su garganta.

Rhys se estiró hacia su cinturón, sus pupilas seguían dilatadas, sus ojos estaban llenos de lujuria y la miraban como si quisieran devorarla.

Lo próximo que supo es que su pene estaba posicionado en la entrada de su sexo una vez más, pero ella no quería detenerlo esta vez. Serena deseaba esto.

"¿Estás tomando anticonceptivos?" Su voz era baja y gruesa, llena de deseo.

"Comencé a tomar la píldora hace un tiempo, así que no

debería haber ningún problema, solo sé gentil, ¿de acuerdo, Rhys? Nunca he hecho esto antes."

Rhys se quedó tieso. "¿En serio? ¿Eres virgen?"

"Uhm... sí, lo soy... pero quiero hacer esto contigo, así que sé gentil, ¿de acuerdo?"

"Mierda", él soltó un sonido de frustración. "No vamos a hacer esto así. Te mereces una mejor primera vez que en una cabina en un club después de haber estado bebiendo, princesa."

Rhys volvió a colocarse sus pantalones y la ayudó a ajustarse el vestido. Rhys la volvió a besar profundamente, pero con más gentileza.

"De verdad quiero hacer esto contigo, Rhys", susurró Serena, mirando directamente a sus ojos verdes mientras sus caras estaban juntas. "Comprendo que no quieras hacerlo ahora y aquí, pero prométeme que serás mi primera vez. ¿Por favor?"

"Princesa, quiero hacerlo. Créeme. Pero te mereces más y algo mejor. Y claro que seré tu primera vez. Nadie más, eres mía, ¿de acuerdo? ¿Me escuchaste? Nada me haría más feliz que ser tu primera vez. Pero ahora mismo vamos a regresar a la fiesta." Rhys la miró con firmeza, sosteniendo su cara en su mano y besándola con gentileza antes de tomar su mano y llevarla de regreso al club.

18

Serena se despertó en la cama de Rhys la mañana siguiente. No en su cama en esta casa en la otra habitación. Lo hizo en su habitación, en su cama, con su brazo musculoso y tatuado rodeándola. Serena nunca había estado antes en su habitación, pero ahora podía ver que lucía muy parecido al suyo. Era más grande, con más ventanas completas e imágenes de él y los chicos en las paredes. Había ropa por todos lados y había una colección de guitarras por la ventana.

A un lado había un baño enorme y al otro había un enorme closet que seguro contenía todas sus ropas de diseñador.

Serena logró acomodarse con gentileza para no despertarlo. Rhys estaba respirando profundamente y parecía estar profundamente dormido, su cara estaba totalmente relajada y había una sonrisa en su cara.

Serena se tomó el tiempo al mirarlo, ahora sin tener que preocuparse por ser atrapada mirando a un hombre fuera de sus límites. Serena tenía un top y shorts y recordaba vagamente que él la había ayudado a salirse de su vestido y le había dado un momento a solas para cambiarse antes de traerla a su habitación y a su cama.

Ellos habían llegado a casa temprano en la mañana y ella

estaba llena de vino y lujuria, así que le sorprendió que pudiera recordar haber llegado a casa y todo lo que siguió.

Rhys se había desvestido hasta quedar en ropa interior y no se puso nada más. Rhys sonrió mientras Serena jadeaba al ver su cuerpo perfecto casi desnudo por primera vez y se había subido sobre ella, su cuerpo musculoso presionándola de una forma deliciosa antes de besarla profundamente una vez más. Luego, él respiró hondo y se posicionó detrás de ella, atrayéndola hacia él con su trasero presionando su erección. Serena comenzó a retorcerse contra él. Rhys solo le había susurrado, "mañana, princesa. Te lo prometo. Ahora vamos a dormir antes de que no pueda aguantarme y te haga todas las cosas que he soñado hacerte."

Serena recordó haberse dormido en sus brazos sin poder creer que él había dicho que había estado soñando con hacerle cosas a ella.

Ahora, con la luz de la mañana entrando a su habitación, él seguía en ropa interior y su hermoso cuerpo estaba a la vista. Su mirada fue de su hermosa cara durmiente a su pecho y sus brazos tatuados, fue hacia su estómago definido a esa V perfecta en su cadera y bajó hacia... oh cielos, parece que lo que dicen de las erecciones matutinas es cierto.

Serena soltó una pequeña exclamación al verlo y se sintió sonrojándose. Afortunadamente Rhys seguía dormido o al menos eso pensó Serena. Serena levantó su cara rápidamente, solo para sonrojarse diez vez más cuando se encontró mirando esos ojos hipnotizantes que seguían somnolientos, pero estaban completamente abiertos y ahora había una sonrisa en sus labios.

"¿Te gusta lo que ves, princesa?" Su voz seguía cansada, pero era hermosa.

"Uh, sí. Me gusta... mucho. Lo siento mucho. No debería mirarte mientras duermes."

Rhys estiró una mano hacia su cara, sacándole el cabello de

los ojos y colocándolo con gentileza detrás de su oreja mientras la miraba directo a los ojos.

"Está bien. Me gusta que me mires. Me gusta mirarte mientras me miras."

"De igual forma, es grosero mirar dormir a una persona." Serena desvió la mirada y se enfocó en su rodilla.

"Princesa, puedes mirarme todo lo que quieras. Yo estaré feliz siempre que sea yo al que mires de esa forma. Estaré encantado." Rhys levantó su barbilla para que lo mirara a los ojos, no se movió para ocultarse ni un poco.

"Está bien ser curiosa. Me siento honrado de ser el que ocasione tu curiosidad." La forma en que la miraba, prácticamente desnudo, con los ojos oscuros llenos de deseo y relajado con su cuerpo expuesto tenía que ser la cosa más erótica que haya visto alguna vez.

Su aliento se entrecortó, pero Serena ya no estaba sintiendo vergüenza por haber sido atrapada. Era increíble lo cómoda que la hacía sentir, deseada y en casa.

Rhys seguía mirándola con ternura, esperando su respuesta. Serena no tenía palabras mientras comenzó a trazar las líneas del tatuaje en su pecho, luego las de su brazo que iban hasta su mano. Luego trazó las líneas de los músculos en su estómago hasta su cadera. Su aliento se agitó y ella podría jurar que vio temblar a su pene. ¿De verdad podían hacer eso? Serena había leído al respecto, por supuesto, pero ella no pensó que fuera posible. Pero mientras pasaba su mano por su estómago y hacia la tela de su ropa interior, ¡su pene volvió a moverse!

Serena jadeó y él soltó un suave gemido.

"Estoy intentando dejar que hagas lo tuyo, princesa. Pero me estás matando."

¿Lo estaba matando? Parecía imposible, pero la evidencia estaba justo frente a ella. Un escalofrío de emoción recorrió su columna y ella pudo sentirse empaparse al escuchar sus palabras.

"Mierda", dijo Rhys mientras Serena pasaba sus manos por su pene por encima de la ropa interior. "No puedo esperar a estar dentro de ti."

Rhys la volteó de espaldas y presionó su cuerpo contra ella, besándola profundamente y recorriendo su top mientras su otra mano bajaba y subía por su muslo.

Serena gimió mientras él encontraba el borde del short y agarraba la tela para bajarlo por su trasero, por sus piernas y luego los lanzó fuera de la cama sin siquiera romper el beso.

"Serena", dijo Rhys con suavidad. "Mírame a los ojos por un segundo." Serena abrió sus ojos y él la admiró mientras pasaba un malo por su lado y dejaba escalofríos en todo su camino.

"Estoy intentando ir lento, princesa. Pero tienes que hablarme, ¿de acuerdo? Si hago algo con lo que no estés cómoda o peor, algo que te lastime, tienes que decírmelo. ¿De acuerdo? ¿Prométeme que me lo dirás?"

Serena lo miró sus ojos honestos y asintió lentamente.

"Necesito escucharte decirlo, Serena."

"Seré honesta, te lo prometo, Rhys. Te lo diré", dijo Serena lentamente.

"De acuerdo, princesa. Solo recuérdalo, ¿de acuerdo?" Rhys comenzó a besar su cuello, le plantó besos suaves mientras decía sus palabras.

"¿Alguien te ha besado ahí abajo?"

Rhys la miró expectante con una mano tocando su pezón a través de su top. Serena sacudió la cabeza, incapaz de formar palabras por las sensaciones que le estaba causando a su cuerpo.

"Demonios. Apuesto a que sabes divina." Un escalofrío recorrió su cuerpo mientras él dijo las palabras. ¿Cómo podía decirlas con tanta facilidad y sin vergüenza?

"¿Pero si estuviste de acuerdo con lo que pasó anoche?"

Rhys seguía masajeando sus pezones y plantándole besos suaves en la piel expuesta de su estómago.

Serena apenas pudo asentir. Su piel se encendía en llamas

cuando él la tocaba y ella deseaba más. Cada vez que tocaba sus pezones, su sexo se ponía ansioso y ella estaba segura de que sus bragas debían estar empapadas. Serena hubiera estado avergonzada si pudiera pensar, pero todos sus pensamientos estaban enfocados en cómo la estaba haciendo sentir.

Sus manos bajaron sus bragas y su top desapareció por encima de su cabeza. Ahora estaba completamente desnuda en frente del hombre más hermoso del planeta. ¡Eeek! Si fuera alguien más, Serena hubiera intentado taparse, pero la forma en que la miraba y sus ojos oscuros llenos de lujuria la hacían sentirla sexy, deseable y hermosa y todos los pensamientos escaparon de su cabeza.

Rhys la bebió con sus ojos, gruñendo con suavidad mientras sus dedos tocaban su empapada vagina.

"Dios, Serena. Estás empapada." Rhys llevó sus dedos empapados a sus labios y lamió sus jugos de sus dedos. Él cerró sus ojos y soltó un gemido al saborearla en sus dedos. "Demasiado deliciosa, princesa. Tan dulce. ¿Quiero comerte, puedo hacerlo?"

Serena sabía que él esperaba una respuesta, pero ella no lograba encontrar las palabras que él estaba esperando. En todo lo que podía enfocarse eran sus dedos que ahora estaban jugando con su clítoris.

Rhys la besó profundamente, con hambre y Serena podía sentir su duro pene entrando en ella. Serena gimió con fuerza, seguía sin poder formar palabras.

"Demonios, Serena. Nunca me he corrido con sonidos, pero si sigues así, eso podría cambiar. Respira, princesa... No haré nada hasta que sepa que estás de acuerdo, así que vas a tener que responderme." Su voz era baja y ronca.

Serena siguió su consejo, respiró hondo para calmar lo suficiente su mente ridícula y patéticamente excitada para poder susurrar, "¡Sí, por favor, Rhys! ¡Por favor!" rogó ella.

Serena apenas recordó que no se había bañado todavía, pero

su boca estaba lamiendo lentamente, pero con hambre su vagina. De arriba abajo, lamiendo sus labios, metiendo su lengua en ella una y otra vez. Rhys volvió a soltar un gemido. "Eres demasiado dulce, Serena." Él volvió a gemir antes de meter su clítoris en su boca y comenzar a chuparlo lentamente y a pasarle su lengua.

Su lengua la había reducido a una maniaca que solo sabía gemir. Intentó mover sus caderas hacia él, incapaz de contenerse más, pero sus fuertes manos en su cadera la mantuvieron quieta. Rhys lamió y chupó hasta que Serena solo veía estrellas y fuegos artificiales, se sentía como si fuera a salir volando si él no estuviera agarrándola. Demasiado pronto, la presión que estaba acumulándose en su interior explotó en una bola de luz y su mente explotó en diferentes direcciones mientras Serena gritaba su nombre, clavaba sus dedos en sus hombros y jalaba su cabello.

Rhys siguió lamiendo hasta que se tomó hasta la última gota, luego volvió a subirse sobre su cuerpo. Su ropa interior ya había desaparecido. Serena podía sentir la punta de su pene en su entrada, posicionado perfectamente para deslizarse en su interior. Pero no lo hizo, Rhys la besó con fuerza y Serena podía saborearse a ella misma en sus labios, Eso la excitó aún más de alguna forma. Serena gimió en su boca y escuchó un suave rugido en su garganta.

"Dijiste que estabas con anticonceptivos. Yo estoy limpio. Me hago pruebas cada mes, ¿quieres ver los resultados? Los tengo en mi teléfono, no he estado con nadie desde mi última prueba." Rhys la miró, sus ojos estaban dilatados y llenos de lujuria. Sin embargo, sus ojos también brillaban con honestidad y pudo ver que su oferta era en serio y que Rhys no se sentiría ofendido si ella le pedía las pruebas.

"No, te creo, Rhys. Te quiero dentro. ¡Ahora! Por favor, Rhys."

Rhys soltó un gruñido, pero no dijo nada más y Serena pudo sentir su duro pene presionando gentilmente su entrada.

Rhys se deslizó con lentitud, observando cada expresión facial y cada movimiento que hacía ella.

"Demonios, estás muy estrecha", dijo Rhys mientras la penetraba muy lento. Serena pudo sentir un tirón mientras su cabeza entraba y un poco de dolor mientras él la penetraba y luego rompía su himen. No fue tan doloroso como esperaba, y aunque estaba adolorida, el placer de sentirse llena y tenerlo en su interior superaba la incomodidad. Serena se aferró a él y pasó sus manos por su cabello y por su espalda.

Cuando estaba totalmente dentro, él se detuvo, permitiéndole acostumbrarse a la sensación de tenerlo dentro. Sus músculos estaban tensos, sus ojos brillaban necesitados, pero él estaba quieto. Rhys era enorme, pero Serena necesitaba sentirlo moverse.

"¿Estás bien, princesa?"

"Estoy bien, Rhys. ¡Necesito que te muevas!" logró decir ella.

Al escuchar eso, fue como si su resolución desapareciera y él comenzó a moverse. Primero lo hizo lento, pero fue la sensación más increíble que haya sentido. El placer invadió su cuerpo y llenó cada centímetro de ella. Todo el mundo había desaparecido y todo lo que existía era la sensación de él en su interior, su cuerpo sobre el suyo. Rhys gruñía con suavidad y gemía en sus oídos, la besaba y le susurraba.

Rhys la penetró a un ritmo perfecto, con la cantidad perfecta de presión y ella podía sentir la presión acumulándose de nuevo. Ya era casi doloroso, pero Serena sabía que él no iba a detenerse. Serena sabía que él podía y lo alentó a que desenredara el nudo que estaba creciendo en su interior. Su respiración estaba agitada y podía sentir sus músculos temblando mientras la penetraba con más fuerza, pero teniendo cuidado de no lastimarla. Rhys estaba casi al borde y estaba junto a él.

Una última penetración y su mundo explotó en un millón de piezas una vez más y el nudo que estaba creciendo en su interior desapareció y todas las cosas que ella había leído sobre orgasmos increíbles se volvieron reales para ella.

Rhys mordió su labio inferior mientras sus ojos se volteaban, los músculos de sus hombros se flexionaban y sus muslos temblaban mientras la llenaba. Serena sintió su orgasmo dentro de ella y su pene temblando. Y fue lo más exquisito que haya sentido.

Él volvió a juntar sus labios en un beso largo y profundo. Seguía sobre ella, pero la estaba mirando preocupado. "¿Estás bien, Serena? Discúlpame si perdí el control al final, yo..." ella lo silenció con otro beso.

"Estoy bien, Rhys. En serio, no recuerdo haber estado mejor. Eso fue..." Serena intentó encontrar las palabras, pero no pudo. Finalmente dijo la única palabra que se le vino a la mente. "Increíble, Rhys. Eso fue increíble." Serena cubrió su cara con su mano. "Nunca me he sentido así antes, nunca me he quebrado de esa forma. Las cosas que me haces..."

"¿Nunca te has corrido antes?" le preguntó incrédulo mientras sus ojos brillaban.

Serena lo cortó antes de que sacara conclusiones sobre la noche anterior. "Bueno, anoche sí y yo sola, pero nunca de esta forma."

Rhys acarició su cabello y la volvió a besar. Cuando se separaron para respirar, sus ojos brillaron traviesos. "Quise hacer esto casi desde el primer día que te conocí, ¿sabes? Las cosas que he pensado hacerte..." Rhys se rio con suavidad.

"¿En serio? Yo también quería hacerlo. Pero nunca pensé que tú también."

Rhys la besó con gentileza, recorrió su cuello y besó su clavícula. "¿Cómo podría no desearte? Eres la chica más real y hermosa que he conocido", le murmuró al oído.

"Así que a esto te referías en la limo, ¿eh? Cuando dijiste 'no de esta forma'. Pensé que era que no me deseabas." Rhys la miró directamente una vez más.

"Sí, quería decírtelo. Pero no sabía cómo." Su voz era suave, pero Serena podía sentirlo tan emocionado como ella por el recuerdo de la limo.

"Maldición, Serena. Desearía que me lo hubieras dicho. Soy un maldito imbécil por no haberte permitido explicarte. Pero pensé que si te lo permitía, tú me dirías lo imbécil que soy y te irías porque 'no es parte del acuerdo'. Tú dejaste claro al inicio que eso no estaría bien contigo. Y yo fui egoísta y no quería que te fueras... Soy un imbécil. Debí haberte tenido más fe."

"Está bien, Rhys. Eso nos llevó a estar juntos ahora mismo. Y ahora mismo esto es bastante increíble."

Rhys le sonrió. "Eso es verdad. ¿Quieres una segunda ronda o estás muy adolorida?"

"¿Estás bromeando? He deseado esto por semanas, ¡qué venga la segunda ronda!" chilló ella mientras él llevó su boca a su pezón de nuevo y comenzó a mover sus caderas.

Rhys volvió a hacer que la presión aumentara, enredando su cuerpo en nudos que solo él podía liberar, y justo como ella sabía que lo haría, él cumplió todas las promesas que le había hecho a su cuerpo y sus músculos se tensaron alrededor de él mientras Serena gemía llena de placer.

19

Ellos pasaron otro par de días en la cama, en el sofá, en la piscina, en la sala de proyección e incluso en el mostrador de la cocina. Ignoraron sus teléfonos e incluso cuando Rhys le contó que toda la banda tenía controles remotos para entrar en las propiedades de los demás, nadie apareció.

Rhys era más atento y cariñoso de lo que ella podría haber imaginado. Siempre asegurándose de que ella estuviera bien antes, durante y después de que todo sucediera. Le preparaba baños calientes para aliviar sus músculos, solo para meterse al baño y causarle más dolor.

Rhys insistía en que se quedaran desnudos. Solo permitiéndole usar ropa interior y quitándoselas poco después. El hombre era insaciable. Pero ella también lo era cuando él comenzaba a tocarla. Rhys había llamado a Marco y al ama de casas y les dijo que se tomaran unos días libres.

Marco se había opuesto, hasta que Rhys le apretó el trasero cuando Serena había regresado a la sala después de una ducha y ella había chillado. Serena pudo escuchar la risa de Marco por el teléfono mientras accedía y decía, "De acuerdo, parece que van a tener suficiente ejercicio por ahora."

En su cabeza, Serena se refería a estos días como los días perdidos. Estuvieron completamente mezclados y el mundo exterior había desaparecido.

Ahora Serena se puso de rodillas frente a él, el agua de la ducha doble caía sobre ellos. Rhys acababa de hacerla correr de nuevo, estaba parado en la ducha y la miraba con los ojos borrosos.

Serena no había hecho esto todavía y estaba muriendo por saborearlo. En los últimos dos días, Rhys había insistido en que esto fuera sobre ella, que aprendiera lo que le gustaba y lo experimentara todo con él. Ahora su pene estaba tieso y Serena no podía esperar a saborearlo.

Serena había intentado chupársela una vez a Bryan, pero él había lucido asqueado y apenas sus labios se cerraron alrededor de su pene, él se había alejado y le había dicho que dejara de actuar como una puta.

Por otro lado, Rhys estaba mirándola con una necesidad y desesperación apenas oculta. Su respiración estaba agitada y él estaba mirándola como si él fuera a darle una especie de premio. Serena lamió su punta con cuidado, pasando su lengua alrededor de su cabeza como si fuera un cono de helado. A él parecía gustarle y le empujó más su pene. Serena tomó su cabeza en su boca y exhaló aliviada. Lo trabajó lentamente en su boca, usando su mano como una extensión de su boca cuando no podía entrar más. El hombre era enorme.

Rhys gruñó mientras su pene tocaba el final de su garganta mientras sus manos estaban en su cabello. No guiándola o empujándola, solo sosteniendo su posición y masajeando su cabeza. Serena lamió y chupó y movió su mano junto con su boca hasta que estaba gimiendo y sus caderas moviéndose. "Cristo, Serena. Voy a correrme. Tal vez quieras..." Rhys dejó de hablar, pero no había forma de que ella le despegara los labios, Serena quería sentir cada gota de su semen en su boca y en su garganta.

Luego de una lamida por el lado de su pene, algo que ella

había aprendido que a él le encantaba, él estaba gruñendo y soltando su semen caliente y espeso en su garganta. Serena pensó que no había probado algo tan delicioso hasta el momento.

Rhys la levantó y la besó profundamente. No parecía nada asqueado por su sabor en su boca.

"Eres la mujer más sexy en todo el maldito planeta", gimió él mientras cerraba el agua y la envolvía en una suave toalla.

"Y tú me haces así, Rhys. Nunca en un millón de años podría ser así con alguien más."

"No quiero que lo seas, princesa. Eres mía, ¿me escuchas?" Rhys la miró a los ojos mientras le decía eso. Su corazón comenzó a galopar... Por supuesto, Serena no sabía lo que significaba eso. Pero le gustó cómo sonaba, así que no preguntó nada. No estaba dispuesta a sacrificar este momento con él al decir algo estúpido.

Se secaron y se vistieron apropiadamente por primera vez en días. "Aunque quisiera quedarme aquí contigo para siempre, necesito ir a ver a Anders y a los chicos. Tenemos una entrevista programada para más tarde."

Serena se puso un vestido púrpura oscuro y casi perdió el vestido cuando Rhys la vio en él. Después de que la besara profundamente y le metiera la mano por debajo del vestido, perdió casi todo pensamiento racional y lo llevó direct a la habitación antes de que Rhys le susurrara con suavidad. "Esto tiene que esperar, princesa, tenemos que ir a casa de Anders y hacer esa entrevista. A pesar de que me esté matando. Te ves demasiado sexy en ese vestido."

Serena lo siguió a su garaje y se dirigió al Aston Martin. En vez de eso, Rhys la llevó al Range Rover negro. "Hoy no, Serena. Vamos en el Rover. No quiero llamar mucho la atención hoy."

Bueno, eso era nuevo. ¿El propósito de que estuviera aquí no era servir como distracción y atraer la atención? En los últimos días, algo entre ellos había cambiado, pero ella no estaba segura qué era. Serena sentía definitivamente algo por él, pero no había forma de que él también lo sintiera, ¿cierto? Vale la pena soñar. El sexo había sido increíble. Pero para él, el sexo era solo sexo. Rhys estaba claro lo que era esto desde el comienzo, ella era una distracción, sin embargo, aquí estaba él, intentando no llamar la atención...

Serena no mencionó nada mientras entraba en el Rover, encendía el A/C y la radio y se acomodaba en su asiento, las gafas estaban sobre sus ojos y ella esperaba irradiar confianza total.

Ellos se estacionaron en la casa de Anders y definitivamente no estaban solo ellos. Todos los coches de los chicos estaban ahí, al lado de otros que Serena no conocía.

"Mierda", dijo Rhys. "No puedo creer que tengan groupies aquí, tendremos una entrevista en quince malditos minutos."

"¿Suelen tener entrevistas en sus casas?" Le sorprendió enterarse de que la entrevista tendría lugar aquí. Serena pensó que se encontrarían aquí con la banda antes de irse juntos al lugar de la entrevista. Pensó eso con su conocimiento infinito sobre las entrevistas de estrella de rock... obviamente ella no tenía idea cómo solían suceder estas cosas.

"Claro que no. Esta es la primera vez. Pero ha habido rumores sobre Anders. Annie piensa que esto funcionará si parece que estamos 'invitándolos'. Es una mierda si me lo preguntas, pero ella no lo hizo. Así que aquí estamos."

Rhys le abrió la puerta y ellos entraron de la mano a la casa de Anders. El resto de los chicos estaban relajándose en los sofás, las groupies alrededor de ellos en la sala. Mientras entraron de la mano, los chicos silbaron, Luc y Jett comenzaron a aplaudir lentamente y Milo se estaba riendo con naturalidad y se unió a los aplausos. "¿Solo tres días, Rhysie?" se rio él. "Me decepcionas. ¡Pensé que aguantabas más que eso!"

Rhys se rio al comienzo de las burlas de Milo, pero su sonrisa desapareció de sus labios y sus ojos se enfocaron en Anders, el cual tenía una cerveza en la mano y había estado mirando a Rhys y a Serena como si fueran el final de su fiesta.

Rhys avanzó hacia el sofá en el que habían encontrado inconsciente a Anders hace poco tiempo y le quitó la cerveza.

"¿Qué diablos te sucede, hermano?"

Anders no dijo nada y se quedó mirando a Rhys. Luego miró a las chicas que estaban en la habitación y les pidió que se fueran. Milo, Jett y Luc miraron a Rhys y Anders por un segundo antes de seguir a las chicas fuera de la habitación.

"Es bueno verte, Sese", dijo Milo mientras él le daba un abrazo rápido mientras salía de la habitación. Luc y Jett solo sonrieron y le guiñaron un ojo antes de irse también.

Anders miró directamente a Rhys. "Entonces", dijo Anders con una mueca. "¿La novia se queda?"

"Sí, Andy. Se queda. Si tienes un maldito problema con eso, te puedes ir al demonio."

Anders no dijo nada, solo la miró como si fuera una alienígena.

"¿Alcohol, Anders? ¿En serio? Tienes que ir a rehabilitación, hermano. Con todo respeto. ¡No puedes seguir haciéndote esto!"

"¿Por qué diablos iría a rehabilitación? No tengo ningún problema, a menos que tú sí." Anders resopló y Rhys se tensó visiblemente. "En ese caso, puedes irte al demonio." Él le repitió las mismas palabras de Rhys.

"Mira, hermano. Sé que el lugar fue duro para ti. Necesitas lidiar con lo que te hicieron en la residencia, Anders. No fue tu culpa, maldita sea. Necesitas ir a terapia. Tienes que enfocarte en ti por una maldita vez."

Anders lo cortó. "Púdrete, Rhys. No necesito que me des consejos. Solo vete, hermano y llevarte a tu putita contigo."

Rhys respiró hondo, pareciendo como si fuera a golpear a Anders de nuevo.

"¡No la vas a llamar así! ¡Nunca! ¿Me escuchas?" Rhys estaba agarrando la camisa de Anders con su puño. "Y nos iremos, Anders, pero en caso de que lo hayas olvidado, tenemos una entrevista que comenzará en cualquier momento,

¡así que prepárate, maldita sea!" Él estaba resoplando mientras Annie entraba en la habitación justo a tiempo.

"Listo, caballeros. Tengo a Drew Prince terminando el resto en el balcón. Si dejan de asaltarse entre ustedes por un segundo, tenemos una entrevista que realizar." Annie no parecía sorprendida por la escena, pero si miró mal a Serena, comunicándole su molestia.

Rhys soltó de inmediato a Anders y caminó hacia ella, levantando sus labios hacia los suyos y besándola con gentileza. "Terminaremos en unos quince minutos, princesa, luego nos largamos de aquí."

Rhys caminó hacia el balcón. Anders la miró brevemente antes de seguirlo.

"Bueno", Annie le asintió. "¿Vienes?"

Los chicos estaban sentados en sofás en el balcón y un hombre de mediana edad y de aspecto amigable estaba en una silla frente a ellos. Las cámaras lo rodeaban y varios camarógrafos y otras personas estaban revisando los cables y todo lo demás antes de asentirle. "En vivo en... cinco, cuatro, tres", él dejó de hablar y le contó al presentador con sus dedos.

Annie mantuvo cerca a Serena mientras el presentador miraba directo a la cámara y decía, "Estamos en vivo con Misery, damas y caballeros. Estamos directo del mismísimo balcón de Anders Grant, disfrutando la tarde de este magnífico sábado con los chicos."

"¿Cómo están, Misery?" Él se volteó hacia ellos. "Ha pasado un tiempo desde que estuvieron en casa desde la última gira, ¿qué hay de nuevo en Misery? ¿Podremos esperar pronto un nuevo álbum?"

Jett comenzó a responder, Luc y Milo lo interrumpían de vez en cuando. Rhys y Anders estaban callados, pero no había nada de tensión entre ellos. La entrevista pareció perfecta, era claro para ella que la banda tenía un ritmo definido, una facilidad para enfrentar cosas como estas, sus caracteres en público eran perfectos, sin importar lo que estuviera pasando en sus vidas.

"Rhys, te hemos estado viendo mucho por la ciudad con una cierta chica. ¿Quieres contarnos lo que está sucediendo? Nunca has sido tan afectuoso con alguien antes, algunos están especulando que estás intentando atraer la atención, ¿quisieras comentar al respecto?"

"Déjalos especular. Serena es una chica maravillosa. Estoy honrado de pasar tiempo con Serena siempre y cuando ella me acepte." Rhys hizo un asentimiento arrogante mientras sonreía directo a la cámara, pero sus ojos se suavizaron cuando encontraron los suyos detrás de la cámara.

"¿Entonces tendremos una boda en Misery en el futuro cercano?"

Su corazón se detuvo por completo, sus pulmones se rehusaron a recibir aire.

Rhys simplemente se rio, como si la pregunta fuera normal y no lo alterara en lo absoluto. "Solo han sido algunas semanas, Drew. No nos adelantemos a los hechos, ¿de acuerdo? No asustemos a la pobre chica."

El presentador no volvió a preguntar nada relacionado con Serena, pero su cabeza seguía girando. ¡Rhys no había dicho que no!

La banda continuó hablando con facilidad con Drew Prince por un rato hasta que Annie le dio una señal al camarógrafo y él le avisó al señor Prince.

"Bueno, amigos, ese es todo el tiempo que pasaremos hoy con Misery. ¡Dígannos lo que pensaron usando el hashtag #miseryendos!"

Y solo entonces, la luz roja que indicaba que las cámaras estaban encendidas se apagaron y Rhys se levantó. "Fue un placer volver a verte, Drew", dijo Rhys, sacudiendo la mano del hombre. Luego le asintió al resto de la banda sin decir nada más, luego agarró su mano y la llevó a su coche.

20

"Rhys, ¿por qué estamos empacando? ¿Dónde vamos?"

Rhys no dijo ni una palabra de regreso a casa. Él suspiró cuando vio a las cámaras que los esperaban en la puerta y apenas entraron en la seguridad de la casa, él deslizó sus gafas en su cabello, la miró con los ojos encendidos y le pidió que empacara una mochila para algunos días.

"Vamos a un lugar privado. Lejos de todo este caos." Rhys salió de su closet con una mochila al hombro y presionó sus labios para darle un beso profundo. Cuando separó el beso, sus ojos se quedaron en ella un largo rato, una mirada que Serena no podía reconocer. Luego parpadeó y lo que había en sus ojos desapareció.

"Necesitamos alejarnos de todo esto por un minuto. Afortunadamente para ti, yo tengo el lugar perfecto." Su sonrisa confiada había regresado a su lugar, la ternura no solo había desaparecido de sus ojos, también de su voz.

"¿Dónde vamos?"

"Lo verás cuando lleguemos. Empaca ropa cómoda y ligera. No quiero llevar demasiadas cosas."

Rhys se volteó y Serena solo escuchó su voz decir, "¡Te veo en la cocina en quince minutos!" desde las escaleras.

Demonios. Serena había pensado que ya habían superado esta parte de la relación, el misterio y la confusión. Aparentemente estaba equivocada. No era la primera vez que lo estaba con este hombre. ¡Muy confuso!

No obstante, Serena no podía decepcionar a su confusa y temperamental estrella de rock. Agarró una de sus pequeñas mochilas con un suspiro y empacó lo más rápido que pudo.

Rhys estaba esperando en el Range Rover mientras hablaba por teléfono. Apenas se deslizó en el coche, Rhys terminó la llamada y volvieron a salir del garaje una vez más.

Rhys encendió la música y apenas bajó la velocidad para permitir que los camarógrafos salieran del camino antes de presionar su pie en el pedal y salir de la casa, dejando las cámaras y todo lo demás atrás. Su mandíbula estaba tiesa, su boca estaba concentrada mientras aceleraban hacia su destino.

Una vez que estuvieron en la autopista de la costa del Pacífico, él pareció comenzar a relajarse. Su boca estaba más relajada y sus hombros no estaban tan tensos. Rhys no había bajado la velocidad, apagado la música ni le había dicho dónde estaban yendo, pero mientras más se alejaban de la casa, más rápido desaparecía la tensión. Habían estado conduciendo por un rato cuando él abrió su ventana, saco su brazo y permitió que el aire se deslizara por su mano mientras hacía movimientos como un delfín, tal como lo haría un niño.

Eventualmente, Rhys apagó la música y la miró.

"Lo siento, Serena. No tenía derecho a desquitarme contigo. Anders a veces me vuelve loco, ¿sabes? Y lo que dijo de ti... Digamos que me hizo querer regresar a un tiempo en el cual solíamos arreglar las cosas de forma diferente."

"¿Y tenías que irte para no hacerlo?"

"Sip. Pero no es solo eso. Estos últimos meses han sido intensos. Necesito un par de días para aclarar mi cabeza. Lejos."

"Sabes, si necesitas aclarar tu cabeza, podrías dejarme en casa de Mary por algunos días." Una pequeña parte de Serena se marchitó cuando hizo la oferta. Ella no quería dejarlo por algunos días, no cuando las cosas estaban comenzando a sentirse reales entre ellos y especialmente no cuando pasaron los últimos días juntos, pero parecía que él necesitaba desesperadamente espacio para "aclarar su cabeza", tal como había dicho él.

Su cara cambió. "¿No quieres venir conmigo?" Su voz era dura como el metal.

"¡No! No, Rhys, por supuesto que quiero. Dios, no tienes idea cuánto. Es solo que comprendo que necesites tu espacio y estoy intentando darte la opción de que lo tengas. Sé que tal vez hayas pensado que no tengo ningún lugar dónde ir y por eso tú..."

Rhys la cortó mientras se reía. "No necesito espacio de ti, princesa, necesito espacio para ti. Lejos de toda la mierda que hay allá. Nunca vuelvas a pensar que no te quiero conmigo, ¿de acuerdo? No te dije que empacaras porque no pensé que no tuvieras un lugar donde ir. Creo que sabes que no soy tan caballero, te dije que empacaras porque te quiero conmigo."

¿Ahora qué? ¿La quería a ella con él? "Bueno, estoy contigo."

"Sí, lo estás", murmuró él con suavidad.

Su corazón se detuvo. No podría estar diciéndolo de esa forma, ¿cierto? Ya no tenía sentido intentar engañarse, Serena deseaba que lo dijera de esa forma. Que de verdad estaba con él. Que era suya.

Ahora estaban fuera de la autopista en la playa. Rhys avanzaba y giraba hasta que estacionaron afuera de una casa exquisita en una propiedad justo en la playa cuando el sol estaba ocultándose. Rhys apagó el coche y salió, abriendo su puerta antes de agarrar sus mochilas y llevarla a través de un pequeño camino de piedras hacia la puerta del frente. Rhys buscó las llaves, desbloqueó la puerta y la hizo entrar.

Serena respiró hondo mientras ingresó a la habitación principal que tenía ventanas completas con una vista perfecta del área del patio, una piscina infinita y un océano al otro lado. La habitación principal tenía un concepto abierto y el área del comedor estaba acompañada de una cocina gourmet y un bar.

Rhys giró a la izquierda a través de un pasillo que seguía ofreciendo una vista perfecta del césped y del océano a través de sus paredes de vidrio, luego llegaron a la suite principal que era lo suficientemente grande para encajar varios apartamentos del tamaño del apartamento de Josh. Rhys encendió las luces mientras caminaban y ella se maravilló por lo espléndido del lugar.

La habitación principal tenía una cama enorme con sábanas blancas inmaculadas, un área para sentarse con una televisión pantalla plana y un área más pequeña que estaba rodeada de álbumes, CDs y tres guitarras en sus lugares. Más allá estaban las puertas, completamente de vidrio, que llevaban a una bañera de agua caliente que estaba en el césped y a una playa, además de una vista espectacular el sol ocultándose en el horizonte.

Serena se quedó sin respiración mientras admiraba la vista, sintiendo sus brazos alrededor de su cintura mientras la jalaba hacia él. "Es increíble, ¿cierto?"

"Sí. Podría ser la cosa más hermosa que haya visto."

"Estoy de acuerdo", dijo Rhys con firmeza, pero mientras Serena se volteaba en sus brazos, Rhys estaba mirándola.

"¿Pero no tienes miedo de que pasen las personas y miren dentro? Todo este vidrio..."

"No puedes ver si las puertas están cerradas. Además, esta casa está muy alejada y casi no hay nadie en esta parte de la playa. Esa es una de las razones por la cual la compré."

"¿Esto es tuyo?" preguntó Serena con sorpresa.

"Lo es. Y eres oficialmente mi primera invitada. Es mi escondite privado. Los chicos no lo conocen todavía. La transferencia fue aceptada cuando estábamos de gira. Tiene un estudio de grabación en el otro lado, así que pronto lo descubrirán."

"¿Me haces un tour?"

Serena deslizó su mano en la suya y lo besó profundamente. "¡Claro que sí!"

Rhys la llevó por la casa y le mostró el gimnasio, la bodega de vinos, los otros cuatro dormitorios y el estudio de grabación antes de llevarla de regreso a la cocina en el centro.

Su cabeza estaba girando. ¡Esto era algo que nunca había visto!

"¿En serio? ¿Te gusta tanto?"

"¿Lo dije en voz alta?" gruñó Serena, sintiendo el calor esparcirse hasta sus orejas.

"Lo hiciste." Rhys sonrió, pero luego levantó su cara y la besó. Todos sus pensamientos sobre el esplendor de la casa desaparecieron de inmediato al sentirlo a él y a sus labios, su sabor, la forma en que movía sus caderas, su mano tocando su mejilla y la otra su cuello...

Y luego su estómago rugió. Con fuerza. Rhys rompió el beso mordiendo su labio inferior y sonrió.

"Bueno, parece que tienes hambre por algo más que yo... Y yo pensando que todo lo que necesitabas para tu dieta era yo." Rhys arqueó sus cejas y la miró con una sonrisa traviesa, luego hizo un pequeño baile y levantó su camiseta mostrando sus abdominales increíbles y exponiendo esa comible y perfecta V... *¡Sí, debo lamer eso esta noche!* Pensó Serena.

Rhys aclaró su garganta y se dio cuenta de lo que estaba mirando. "¿Podría tu ego ser más grande?" Serena le puso los ojos en blanco.

"Sí. Pero creo que no estabas pensando en mi ego y nunca he tenido ninguna quejas sobre el tamaño. De hecho, recuerdo a una cierta novia que tengo decirme hace algunos días lo grande que es."

¡Novia! ¡La llamó su novia! Serena podría ponerse a bailar, saltar y zapatear con sus tacones, pero antes ya habían bromeado con el juego de los novios, así que tal vez se refería a eso. Es mejor no esperanzarse.

En vez de eso, ella avanzó hacia él, le dedicó la mirada más seductora que pudo y deslizó hacia abajo una de las tiras de su vestido con lentitud, hasta que se detuvo frente a Rhys. Su boca ya se había abierto un poco y él respiró hondo mientras ella avanzaba hacia él.

"Sabes, mi memoria necesita refrescarse. ¿Podrías recordarme lo grande que es?"

Sus ojos se pusieron oscuros de lujuria y ahora estaba respirando agitado, la atrajo hacia él una vez más y comenzó a mover sus caderas contra las de ella y Serena pudo sentir su erección en su estómago mientras la besaba.

Solo duró un segundo, luego él gruñó y se alejó. "Creo que lo que sentiste en tu estómago tendrá que ser un recordatorio suficiente hasta que te consigamos algo de comer."

"¿Quieres pedir algo?" preguntó ella.

"Nah, le pedí al ama de llaves que nos llenara el refrigerador esta tarde. Intento mantenerte aquí para mí lo máximo posible. Vamos a ver lo que tenemos."

Sus ojos se encendieron. "¿Qué te parece desayunar?"

"¿De cena?"

"¿Por qué no? Los huevos con tocino saben bien en cualquier momento del día", dijo Rhys mientras sacaba los ingredientes del refrigerador.

"Me convenciste con el tocino, bebé."

"¿Bebé?" Rhys levantó sus cejas y sonrió. Su cara mostró la sonrisa más grande que le había visto hasta el momento. "¡Lo he considerado y me gusta!"

"¿En serio?" Ella ni siquiera lo había dicho de esa forma, pero si le gustaba tanto, tal vez ella le gustaba también... La esperanza comenzó a aparecer. Luego aparecieron las mismas dudas de siempre. "¿Tal vez no lo consideraste por mucho tiempo?" Rhys la silenció con un beso que sonó cuando se separaron. ¿Estaba siendo juguetón? Sus ojos y boca seguían sonriendo.

"Nada de tal vez, soy bebé de ahora en adelante. No te puedes retractar." Rhys le sacó la lengua antes de comenzar a echar tocino en el sartén mientras silbaba.

Bueno, bueno. Serena había visto un poco de este lado de él en Hollywood, pero al mirarlo ahora, él estaba más tranquilo y feliz que el sol mientras bailaba en la cocina. Incluso se quitó los zapatos y la camiseta.

Las duras líneas de su cuerpo muscular la hipnotizaron de inmediato. Añadiendo eso a su actitud relajada y despreocupada y la sonrisa en su rostro... Por favor discúlpenla mientras se derrite por completo...

"¡Auch!" Su grito la sacó de su estado derretido. Rhys comenzó a tocarse un lugar justo por encima del ombligo.

"¡Freír tocino sin camiseta no es la idea más inteligente que haya tenido!" él seguía riéndose mientras servía el tocino en un plato, sacaba unas tostadas de la tostadora que ella no había notado y luego echaba cuatro huevos en el sartén.

"Hazme un favor, échales mantequilla a las tostadas, por favor."

"De acuerdo." Mirándolo en vez de pensar en lo que estaba haciendo, ella tomó los pedazos de tostadas en sus manos y comenzó a enfriarlas, moviéndolas como banderas en una carrera de coches.

"¿Qué estás haciendo'" preguntó Rhys, claramente divertido por sus movimientos.

Serena se sintió sonrojarse antes de responderle. "Así se deben comer las tostadas", le informó ella. "Enfriadas antes de echar la mantequilla para que se mantengan crujientes."

"Estás moviendo tostadas como banderas y me cuestionaste por comer desayuno en la cena." Rhys se echó a reír, sacudiendo su cabeza, pero regresando su atención a los huevos.

Una vez que decidió que las tostadas estaban suficientemente frías, ella echó la mantequilla justo a tiempo para que él deslizara los huevos encima. Luego echaron el tocino y ella lo siguió al área del comedor.

Ambos estuvieron callados mientras comían, ambos estaban hambrientos después del largo día que tuvieron y solo habían desayunado algo de fruta en la mañana.

Después de la cena, Serena tomó los platos y las otras cosas hacia el lavaplatos y lo cargó, tal como hacían en su rutina.

"¿Quieres ver una película?" preguntó él cuando ella regresó, él ya estaba en el sofá buscando una película.

"Claro." Serena se acurrucó debajo de su brazo y él la atrajo hacia él con naturalidad. Sus movimientos eran tan relajados aquí, eso le calmaba el corazón y le relajaba completamente el cuerpo.

Uno de los títulos le recordó algo que él había dicho antes a Anders, algo sobre la residencia y necesitar terapia.

La sensación de calidez fue reemplazada por una inquietud en su estómago.

"Hey, Rhys." Rhys besó su frente distraído antes de mirarla. "Estaba pensando en lo que le dijiste antes a Anders, sobre que el hogar fue duro para ustedes."

Rhys se enderezó como si ella lo hubiera quemado. El Rhys tranquilo y relajado desapareció en un segundo.

"¿Qué pasa con eso?" preguntó él con seriedad. "Sí, crecimos en una residencia. Varios en realidad. Así que adelante, búrlate de mí, tennos lastima. ¡Nosotros logramos salir de ahí!" prácticamente le escupió las palabras.

Serena se asombró por un segundo por su inesperada reacción, pero cuando lo miró, ella respiró hondo antes de continuar. "No es eso, Rhys. Eso no fue lo que pregunté. ¡Yo nunca me burlaría de ti! Solo quería saber si querías hablar. Parecía que necesitabas alguien con quien hablar luego de que nos fuimos. No voy a pretender que sé por lo que pasaste cuando creciste en una residencia, pero puedo escucharte. Soy buena escuchando."

Rhys la miró con ojos cautelosos, como si estuviera

buscando rastros de juicio en su cara que claramente se había acostumbrado a observar cuando las personas descubrían de su infancia. Aparentemente satisfecho con sus intenciones, él se relajó, tomó sus manos, la besó con gentileza y luego se volteó hacia ella.

Rhys respiró hondo y comenzó a buscar en sus recuerdos. "Anders y yo, te dije cuando nos conocimos que había vivido en lugares que harían que la casa de tu amigo pareciera un palacio. Nosotros crecimos en el sistema de acogimiento familiar. Íbamos de un lado a otro. Era difícil encontrar lugares que recibieran a dos hermanos y nos mantuvieran juntos, especialmente cuando éramos unas pequeñas mierdas. Comenzamos a meternos en peleas desde que teníamos pañales y todo comenzó a empeorar. Era malo para mí, pero Anders..." Su voz se detuvo, el dolor era crudo y aparente mientras él continuaba.

"Cuando teníamos catorce, él comenzó a pasar tiempo con niños que estaban seriamente metidos en las drogas. Maldita sea. Nosotros no éramos unos santos, habíamos fumado un poco de hierba y otras cosas, pero no era algo regular. Yo sabía que algo le sucedía. Un par de meses antes nos habíamos mudado a una nueva casa de acogida, pero él se rehusó a hablarme. Insistía en que estaba bien. Hasta que un día estaba tan golpeado que tuvo que ir al hospital. Rhys se quebró mientras estaba drogado con los calmantes. Te ahorraré los detalles... resulta que habían abusado de él. Una mierda muy horrible. Ahí conocimos al doctor Kent. Eso cambió todo para nosotros."

Espera. Serena se dio cuenta al instante. "¿El doctor Kent de la gala de caridad?"

"El mismo. Él nos salvó. Nos encontró un lugar para vivir en uno de los hogares de la agencia, nuestros padres de acogida eran maestros de música. Nunca les dijimos, pero creo que ellos lo sabían. Nos pusieron a tocar instrumentos, yo comencé de inmediato con la guitarra y Anders prefirió el caos y ruido controlado de la batería. Creo que eso ahoga el ruido en su cabeza. Conocimos a Milo en nuestra nueva escuela. Eventualmente conocimos a Jett y Luc como sabes y el resto es historia."

Sus ojos estaban brillando mientras ella lo abrazó y se subió a su regazo. "Mierda", dijo Rhys en su oído. "Nunca le he contado esa historia a nadie. Ni siquiera los chicos conocen todos los detalles. Milo sabe más que los demás, pero no todo."

Se sentaron por lo que pareció una eternidad antes de que ella comenzara con su historia.

"Como dijiste, saliste de eso. ¡Y mira todo lo que has logrado! Eres la personas más fuerte e increíble que he conocido, Rhys." Serena miró sus hermosos ojos y luego algo hizo clic. Ella estaba totalmente enamorada de este hombre. Su corazón se detuvo al darse cuenta y se derritió en sus brazos fuertes y seguros. Pero ella no podía decirle y él la estaba mirando con curiosidad.

"¿Estás bien?"

"Sí, solo pensaba en lo fuerte que eres y en lo que debes haber pasado. Y mira lo que has logrado, mira tu vida... lo que has logrado. Me dejas sin aliento, Rhys. No me refiero a que seas famoso y todo eso. Lo digo por la persona que eres."

Serena lo bebió con sus ojos, seguía en su regazo, sus fuertes brazos la abrazaban mientras él presionaba su oreja en su corazón y mantenía los ojos cerrados.

"Mi vida fue casi lo opuesto", comenzó ella, sin saber por qué le estaba contando esto, pero sabiendo que necesitaba darle un pedazo de su alma como pago por lo que le había contado.

"Mis padres controlaron mi vida hasta el día en que te encontré accidentalmente en ese balcón. Lo que hacía, lo que comía, dónde vivía. La universidad nunca fue una opción para mí. Mi papá me dio una posición de asistente en su empresa apenas me gradué de la escuela para que mi mamá me pudiera tener cerca, seleccionar un esposo para mí que mi papá pudiera entrenar para que se encargara de la empresa algún día, para decirme cuándo y qué podía comer, la música que podía escuchar... tú nómbralo, ellos tomaban la decisión por mí. Para serte honesta, yo no había escuchado nada de Misery, a excepción del nombre mencionado en la radio, hasta la noche en que nos conocimos en la mansión de fiestas de Misery."

"¿Mansión de fiestas de Misery?" Rhys le elevó una ceja.

"Bueno, solo he estado ahí una vez, así que asumí..." Serena comenzó a decir.

"Nah, la empresa la rentó para todos nosotros, Jett, Luc y Milo siguen viviendo ahí. Anders y yo nos mudamos apenas ganamos lo suficiente para comprar nuestras casas. Ya tuvimos suficiente viviendo en grupo. No podíamos esperar a tener nuestras casas propias. Pero luego era tan silencioso. No podía soportar el silencio después de las primeras horas, así que prácticamente me había mudado de regreso hasta que tú llamaste y preguntaste si un lugar para vivir era parte del trato." Rhys jugó con un mechón de su cabello y lo colocó detrás de su oreja con mucho cuidado.

"Espera, yo te conocí en la 'mansión de fiestas' de Misery una semana después del evento de caridad donde lanzamos el video. ¿Cómo pasaste de ser el títere de tu mamá a vivir con tu amigo y tropezarte con personas en una fiesta de Misery?"

Su cara se arrugó al comenzar a recordar. "Bueno, te dije esa noche que había tenido una pelea con mis padres, ¿lo recuerdas?"

Sus ojos brillaron. "Por supuesto que lo recuerdo, Serena, recuerdo cada minuto que hemos pasado juntos." Rhys acarició su cara con su mano. "Pero eso no recuerda cómo sucedió todo."

Serena respiró hondo y comenzó a contar todo. Hasta que llegó la parte de Bryan.

"Esa noche después de la gala de caridad, yo tomé un taxi para ir al apartamento de mi prometido." Rhys se quedó tieso y sus ojos se endurecieron, las manos que habían estado acariciando su espalda se detuvieron.

"¿Prometido?"

"Ex prometido. Escúchame", dijo Serena en la voz más relajada que pudo tener.

"Tenía dolor de cabeza, así que me fui temprano. Una vez estuve en el taxi, me di cuenta de que mis padres seguirían en la gala por varias horas, Bryan me había dicho que estaría trabajando hasta tarde, así que se me ocurrió sorprenderlo en su apartamento." Serena no mencionó por qué estaba tan ansiosa por ir a su apartamento, Rhys sabía que había tomado su virginidad y parecía innecesario contarle los detalles ahora.

"Estaba emocionada, solo que él... estaba cogiendo con otra mujer."

"Espera, esa noche en el club, ¿tu amigo no se llamaba Bryan?"

"No es mi amigo. Pero es el mismo Bryan. Oh, y Andrea, la chica que se estaba cogiendo." Serena apenas podía mirarlo a los ojos, estaba tan avergonzada. ¿Cuánto pasaría para que se diera cuenta, al igual que Bryan, de lo aburrida que era? Ella escuchó la voz de Josh en su cabeza cuando le dijo lo contrario, pero él era su mejor amigo... así que no era una opinión justa.

"Debiste haberme dicho, lo hubiera molido a golpes por lastimarte y luego le hubiera agradecido por lo mejor que me ha sucedido." Rhys la abrazo con fuerza y la miró directo a los ojos.

"¿Lo mejor?" preguntó ella sin poder creerlo.

"Sí, princesa. Tú has traído algo a mi vida que nunca he tenido." Rhys la miró con una expresión graciosa antes de reírse. "¿Y qué hiciste? ¿Lo pateaste en las pelotas o lo golpeaste en la cara?"

"Me avergüenza decir que no hice nada. Me escapé. Terminé en casa de Josh, bebí demasiado vino, lloré demasiado y luego me quedé dormida en la otra habitación."

Sus ojos se oscurecieron cuando mencionó a Josh, su agarre se puso más fuerte mientras esperaba que ella continuara.

"Fui a casa la mañana siguiente, estaba con resaca por el

vino y cuando entré mi mamá y Bryan comenzaron a gritarme al mismo tiempo. Bryan tuvo el descaro de reclamarme por haber pasado la noche en el apartamento de otro hombre y haber regresado a casa con la misma ropa y mi mamá comenzó a reclamarme por haberlo 'visitado sin avisar'. Así que hice lo único que se me ocurrió, terminé con Bryan, le lancé mi anillo a su cabeza y me fui de la habitación. Solo que el anillo cayó en la taza de café de mi padre y mi madre se desmayó." Serena se rio al recordarlo. Era increíble que solo habían pasado algunas semanas y en ese entonces le había parecido el final de su vida y ahora parecía que solo había sido el comienzo.

Rhys comenzó a reírse también en esa parte de la historia y la abrazó. "¿Entonces regresaste a casa de Josh y te ofreció que te quedaras?"

Serena se sorprendió de que él hubiera llegado tan rápido a esa conclusión.

"Algo así. Me quedé en casa algunos días. Mi madre estaba horrorizada por mi comportamiento y pensó que era inaceptable que rompiera el compromiso sin darle la oportunidad de explicarse y perdonarlo. Eventualmente le dije que quería ir a la escuela de diseño y ambos enloquecieron. Hubieras jurado que les estaba robando si hubieras visto la expresión de mi padre. Mi madre tenía la opinión de que la había traicionado y que nunca había planeado seguir con el plan. Fue entonces que me di cuenta de que si quería vivir mi propia vida, tenía que alejarme de ellos. Así que empaqué mis maletas, fui a casa de Josh porque no había espacio en casa de Katie y Mary no estaba. Él me ofreció su habitación extra hasta que resolviera todo. Josh se volvió loco cuando le conté sobre ti y me dijo que solo podía vivir con él si estaba soltero. Fue en ese momento que te llamé. Y como tú dijiste, el resto es historia."

Rhys se quedó callado por un segundo, absorbiendo todo lo que le había dicho ella.

"Explícame algo, princesa. ¿Te sentirías de la misma forma si yo te engañara?"

Su corazón se detuvo al escucharlo. Su mano se despegó y golpeó su pecho mientras se levantaba de su regazo.

"¡Por supuesto que sí!" exclamó ella, pero Rhys solo la agarró con más fuerza y evitó que se escapara.

"Espera, ¿esa es tu estúpida forma de preguntarme si somos exclusivos?"

Su sonrisa se amplió. "Solo si tú quieres serlo."

Serena miró su expresión abierta y honesta. Podrá estar bromeando con ella, pero había algo ahí. Así que ella se inclinó. "Solo si me besas."

Rhys miró su expresión por un segundo antes de reclamar su boca con la suya y volviéndola a dejar sin ningún pensamiento.

Rhys la volteó y ella terminó de espaldas en el sofá mientras él la besaba profundamente. "Gracias por decirme eso, princesa. Sé que no fue fácil para ti", le dijo en su oreja y luego le colocó besos por toda su clavícula y mandíbula.

"Igualmente, bebé." Serena intentó su nuevo apodo y descubrió que le gustaba, a pesar de lo genérico que era. *Pensaré en uno mejor y más original cuando él no esté... oh dios...* Ella volvió a quedarse sin ideas mientras él tocaba sus pezones a través de su camiseta y su otra mano bajaba por su estómago hacia su entrepierna.

Rhys levantó su vestido por encima de su cabeza antes de que Serena se diera cuenta de lo que sucedía y colocó su duro cuerpo sobre ella. Los besos fueron cada vez más calientes y sus caderas se tocaban. Serena gimió necesitada. La última vez había sido en la mañana, pero su cuerpo pulsaba con necesidad una vez más y su aliento estaba entrecortado.

Se besaron y tocaron hasta que ella se estiró hacia sus pantalones. Rhys seguía desnudo del torso desde que estaba cocinando y de repente se quitó sus jeans. Ahora solo los separaba la ropa interior de ambos. Rhys gruñó al sentir su piel casi desnuda y comenzó a rozarla con más intensidad. Tocó sus pezones a través de la tela del sujetador hasta que ambos estaban levantados. En poco tiempo los liberó y luego colocó su boca en el pezón izquierdo. Rhys seguía tocando su pezón derecho con su pulgar, pero su mano libre bailaba sobre su estómago y jugaba con el borde de su ropa interior, levantándola de forma juguetona y rozando su clítoris de vez en cuando.

"Provocador", gimió Serena, y sus gemidos aumentaron cuando le chupó su clavícula y le quitó la ropa interior.

"¿Sí?" la desafió Rhys. "¿Entonces no te gusta?" Sus manos se detuvieron.

Serena gimió con deseo. Iba a hacer que lo dijera. Ella lo sabía.

"¿Quieres que me detenga?" preguntó él con una expresión seria en la cara.

"Si te detienes te golpeo con esta almohada", lo amenazó Serena y le enseñó una almohada.

"Eso no puede suceder", gruñó Rhys de broma y la penetró.

No habían pasado ni veinticuatro horas desde la última vez que la había llenado, pero Serena suspiró de alivio al sentirlo. Rhys gruñó y la siguió penetrando. Comenzó con un ritmo lento y estable, pero en poco tiempo ella estaba gimiendo su nombre y moviéndose también. "Lo sé, princesa." Su respiración era rápida y los músculos en su espalda temblaban mientras él se estiraba y tocaba su clítoris, logrando que llegara. Rhys bajó la velocidad mientras Serena se calmaba y la besó con gentileza.

"¿Qué hay de ti?" preguntó ella todavía aturdida.

"Oh princesa, todavía no he terminado contigo." Rhys la levantó y la llevó a la habitación principal.

Horas después, Serena sentía que iba a desmallarse. Su cuerpo no podía más. Aunque ella dijo eso hace dos orgasmos y él había continuado. Pero ahora él salió y había una capa de sudor en su piel.

Rhys se separó y la atrajo hacia él mientras le susurraba hasta que se quedó dormida.

21

Serena supo que la cama estaba vacía incluso antes de abrir los ojos. Entró en pánico, pero luego recordó dónde estaban. Probablemente había ido a nadar o algo así.

Serena encontró los pijamas en su maleta, unos shorts y un top y luego salió a buscarlo. Ella encontró tostadas en el horno y luego armó un plato con jarabe y queso antes de acomodarse en una mesa en el patio. Podrían entrar diez personas con facilidad, pero estaba sola esta mañana.

Las tostadas eran deliciosas y ella estaba saboreando la última cuando lo vio trotando de regreso a la casa desde la playa.

El alivio recorrió sus venas. Serena no pensaba que él fuera a abandonarla aquí e incluso fue a revisar que el coche siguiera ahí, pero él ya había desaparecido más de una vez. Es cierto, las cosas habían cambiado, pero Serena todavía necesitaba convencerse. Rhys la abrazó sudoroso, pero a ella no le importó. Quería tenerlo lo más cerca posible. Ella respiró su aroma y sintió mariposas revoloteando en su estómago.

"¿Te gustaron las tostadas?" preguntó él mientras se separaban. "No tenemos un ama de casas a tiempo completo, así que las preparé yo mismo." Rhys le sonrío mientras miraba orgulloso su plato limpio.

"¿En serio? ¡Estaban increíbles, bebé!" Serena se lanzó sobre él y Rhys le dio un beso profundo.

"¡Me alegra que te gustaran! Voy a limpiarme. Marco me patearía el trasero si dejo de ejercitarme, pero tú piensa lo que podemos hacer hoy. Puede ser cualquier cosa, siempre y cuando no tengamos que dejar la casa." Rhys le dio otro beso rápido y le guiñó por encima de su hombro mientras entraba hacia el dormitorio.

Serena se acomodó en una de las tumbonas bajo el techo del patio luego de terminar su plato.

Serena se relajó con el sonido del océano y las gaviotas y luego escuchó abrirse de nuevo las puertas del dormitorio.

"¿Pensaste lo que podríamos hacer hoy?" Su voz llenó cada célula de su ser. "Claro, voy a limpiarme y luego iremos a nadar." *Debí haberme bañado con él*, pensó Serena mientras entraba en el baño, pero ella no había pensado en eso.

Serena se duchó con rapidez y se dejó el cabello suelto mientras se colocaba su bikini y un vestido de verano. Serena encontró a Rhys en la piscina, sus pantalones, camiseta y ropa interior estaban en una pila al lado de la piscina. Rhys la encontró mirando la ropa y su mente comenzó a jadear por lo que estaba sucediendo. Rhys colocó la sombrilla que cubría la piscina. "¿Quieres unirte, amor?" Ahí estaba de nuevo, ese sobrenombre que había dicho antes una vez, pero que siempre dejaba su estómago enredado.

"Entra con tu bikini, podemos deshacernos de la parte de abajo cuando entres. Si alguien pasa por aquí, no van a ver nada."

Un escalofrío delicioso recorrió su columna al escuchar lo que estaba sugiriendo. El agua estaba cálida, lo suficiente para refrescarte, pero no para hacerte pasar frío.

Rhys la miró, nadó hacia ella y colocó su cuerpo en su

regaño en el peldaño que rodeaba la piscina. Luego sus ojos estaban lejos, observando el océano.

"Una vez me preguntaste cómo era irse de gira, ¿lo recuerdas?"

"Claro que sí. Has ido a algunos de los lugares más exóticos y hermosos en el mundo, Rhys. Por supuesto que quiero saber cómo fue."

Rhys respondió sin mirarla a los ojos, todavía concentrado en el océano. "Es cierto. Hemos ido a esos lugares. Pero no hemos podido disfrutarlos. No en realidad. Lo único que vemos es el interior de los hoteles. Solo una o dos veces hemos podido escaparnos y disfrutar de algunos paisajes. Y por supuesto, vemos las calles desde el aeropuerto hacia el lugar donde tocaremos y luego de regreso al hotel. Pero eso es todo. Los fanáticos y la prensa hacen que sea difícil para nosotros apreciar algo más." Sus ojos seguían fijos en el océano.

"Tenemos mucha suerte de poder haber visto tanto del mundo como lo hemos hecho con nuestros orígenes." Rhys continuó, besando su cuello de vez en cuando, pero no estaba con ella. No en realidad. "Pero luego todo se mezcla. Los paisajes, los estadios, las zonas horarias... después de un tiempo, nada importa. Lo único que cambia es el nombre del lugar que grita Jett cuando inicia el show."

Rhys la levantó por completo y la miró directo a los ojos. "Eso debe sonar bien jodido, ¿eh? ¡Totalmente arruinado! Tipos que vienen de la nada, logran viajar por el mundo y luego se quejan." Rhys sonaba amargo, pero sincero. Como si se odiara a sí mismo por pensar de esta forma.

"Claro que no, Rhys. Debe ser bastante frustrante haber alcanzado tus sueños, poder viajar por el mundo, pero sin poder experimentar todo de verdad. Estar en los lugares más increíbles en la tierra, pero estar confinado a un hotel o a un vestuario. Solo he disfrutado un poco de tu vida hasta el momento, pero sé que es más difícil de lo que parece. Nunca tienes que disculparte por eso. Ni por los sentimientos que tienes."

Rhys descansó su cabeza en su pecho, sus piernas estaban contra su pecho.

"Por eso tenías que ser tú, Serena. Tú me ves, nos ves a todos, como las criaturas dañadas y arruinadas que somos y no has escapado. Quién soy no te ha asustado, especialmente ahora..."

Ella lo besó con todo lo que tenía. "No me iré a ningún lado a menos que tú me lo digas, bebé", susurró Serena y sus caderas comenzaron a moverse y sus dedos comenzaron a jugar con sus pezones. Eventualmente, él le quitó la parte inferior de su bikini y la lanzó a la pila de ropa y luego comenzó a masajearla con sus dedos. Ella se deshizo en la piscina antes de que él reemplazara sus dedos con su duro pene y luego la llevara al éxtasis una vez más.

22

Serena se despertó al escuchar a Rhys tocando una de sus guitarras con suavidad mientras miraba el océano desde la suite principal. La parte baja de su cuerpo estaba oculta por la silla en la que se encontraba, pero la parte superior estaba desnuda, sus músculos y tatuajes se movían mientras tocaba su instrumento. Pasaron días aquí, cada día fue más perfecto que el anterior.

Serena se quedó quieta, admirando su perfección y pensó que ahora era su novio. Ciertamente estaba actuando así últimamente. Desde esa que estuvieron en el club hace dos semanas. Mucho había sucedido en ese espacio de tiempo y su cabeza se ponía a girar cuando pensaba en todo.

Su cerebro no podía procesarlo. No solo había entrado virgen a ese club, algo que ya no era, pero su corazón ahora le pertenecía por completo a un hombre totalmente perfecto, el cual estaba mirando el amanecer en el océano.

Al pensar en todo el tiempo que había pasado, las imágenes de Katie y Mary aparecieron en su cabeza y se sintió culpable. Había pasado más de una semana desde que había hablado con ellas. Serena les escribió que estaba bien, que Rhys y ella se estaban tomando algo de tiempo, pero como ellas pensaban que eso es lo que estaban haciendo desde el principio, hubo varios mensajes con "gritos" que exigían respuesta, pero Serena los ignoró.

El teléfono de Rhys sonó y él volteó su cabeza hacia ella antes de responder.

"Milo", dijo Rhys en voz baja. "Es un poco temprano para despertarme a mí y a Sese, ¿no lo crees?"

Serena sonrió al recordar el sobrenombre que Milo le había dado hace semanas mientras Rhys se sentaba a su lado al darse cuenta de que estaba despierta.

Ella podía escuchar la voz de Milo, pero no comprendía lo que estaba diciendo. Rhys solo suspiró y la miró, resignándose a lo que le estaba diciendo Milo.

"Está bien, no, está bien. Pero estaremos ahí. Te veo en dos horas." Rhys escuchó por un segundo antes de colgar su teléfono. "No, Milo, no puedo llegar antes. Te veo en dos malditas horas. Diles que lo resuelvan."

"¿Problemas en el paraíso, bebé?" Serena se inclinó hacia él y le plantó besos ligeros en el tatuaje de su pecho.

"Me temo que esta luna de miel se terminó, princesa. Todos se dirigen a la casa de Misery y me necesitan de inmediato, aparentemente. Reunión de producción o una mierda así."

Ellos tomaron una última ducha de placer juntos, aunque no hubo tanto placer como en las otras duchas que habían tomado aquí, luego empacaron y se fueron. Ella pausó para mirar una última vez la hermosa casa, intentando recordar cada parte en su cerebro antes de regresar al Range Rover y acelerar hacia la casa de Misery.

Rhys sostuvo su mano todo el camino de regreso, tocaba sus labios con su mano de vez en cuando, pero sin decir nada. Parecía concentrado, pero mucho más relajado que cuando habían venido por primera vez.

Ellos se estacionaron en la 'casa de fiestas' de Misery, donde ahora sabía que vivían Jett, Luc y Milo y encontraron mucha actividad. Había coches por todos lados, personas apresuradas y cargando equipos, otros gritando por teléfono y chicas bebiendo cócteles por todos lados.

Rhys le había dicho en algún momento de los últimos días que había un estudio de grabación aquí y se suponía que tenían que grabar ahí su próximo álbum, pero él había equipado el estudio en la playa y estaba planeando convencer a la banda y solo a las personas más necesarias para grabarlo ahí. Era un lugar tranquilo, se podían concentrar y pasar el rato. Parece que ese plan había desaparecido.

Rhys tomó su mano y la llevó a través de la multitud. Parecía que habían groupies, abogados, publicistas y otros que ella no conocía.

Deacon y Annie se les acercaron, ambos parecían muy estresados y molestos. "Rhys", dijo Deacon. "Es bueno tenerte entre nosotros. Serena, estás... todavía aquí", fue todo lo que le dijo.

Rhys la atrajo a su lado, beso su frente y luego abrazó a Annie con un brazo, todavía sosteniendo a serena con el otro brazo.

"Tenemos mucho que hacer esta mañana, Rhys", dijo Annie. "Y como tus malditos hermanos no pueden pasar una noche tranquila y tu mánager cree necesario aumentar su ego con la cantidad de personas que puede meter en un estudio ya repleto, tenemos que comenzar de inmediato." Sus ojos le dispararon fuego a Deacon.

Rhys volteó su cabeza y la besó profundamente. Él suspiró. "Lo siento, amor, el deber llama. Ve y ponte cómoda en mi vieja habitación, es la puerta que hay en la habitación a la que te llevé la primera vez. Iré por ti lo más pronto que pueda", le susurró al oído y le mordió un poco antes de alejarse.

Todos los chicos la abrazaron mientras pasaron a su lado hacia el comedor, todos excepto Anders, el cual solo le asintió. Ninguno lucía con la misma energía que siempre. Claramente, lo que estaba sucediendo estaba afectándolos. Apenas entraron, la puerta se cerró con un sonido decisivo.

Serena suspiró, pero se dirigió hacia la escalera que solo había recorrido una vez. Mientras pasaba la cocina, ella notó a varias chicas sentadas en el mostrador.

"¿Qué diablos creen que están haciendo?" les preguntó a las groupies.

"¡Sshh!" la calló la que tenía más cerca. "Se puede escuchar la conversación a través de la rejilla del aire acondicionado", susurró ella emocionada. "Esta es la única forma de descubrir lo que sucede con ellos." Serena le hizo un espacio a ella al lado y le pidió que se acercara.

Cada parte de ella le gritaba que la ignorara, que subiera a la habitación de Rhys y se pusiera cómoda como él le había pedido, pero una parte curiosa en su interior la hizo acercarse hacia la rejilla y unirse a las groupies en el mostrador.

La banda estaba discutiendo sobre algo, aunque Serena no podía comprender qué hasta que escuchó la fuerte voz de Rhys, "¡TIENE QUE IR A REHABILITACIÓN, DEACON!"

Todos se quedaron en silencio hasta que sonó la voz de Deacon. "Lo hará", declaró él. "Una vez que hayan grabado su nuevo álbum. Pospondremos la gira."

Todos comenzaron a hablar al mismo tiempo, la discusión se había reanudado. "Suficiente", dijo la voz de Annie.

"Eso pasará en meses, Deacon. Lo sabes. ¿Qué va a pasar si él bebe hasta morirse para entonces? ¿Crees que vamos a encontrar un reemplazo 'así nada más'?" dijo la voz de Rhys, chasqueando sus dedos para añadir énfasis.

"No voy a poner su vida en peligro solo para tener un nuevo álbum, sin mencionar que después de que sea lanzado, tendremos que promocionarlo y hacer otra maldita gira..." siseó Rhys.

Una risa ruidosa comenzó a escucharse. *Anders*, pensó Serena. Su voz sonaba arrastrada un poco, pero claramente había escuchado algo gracioso.

"Puedo controlarme, hermano." Era Anders definitivamente. "¿Qué hay de ti, Rhysie? Yo puedo controlarme.

Siempre he podido. Tú, por otro lado, estás yendo de aquí para allá con esa puta que es tu novia falsa. ¿Qué mierda se supone que hagamos con eso? Atraes toda esta maldita atención a nosotros. Acabamos de salir de una gira de nueve meses, hermano, las personas nos hubieran dejado solos si no hubiera sido por esa maldita jugada que hiciste. ¡Lo que yo veo es que es de ti de quién deberíamos preocuparnos! ¿No tienes suficientes vaginas ahí afuera?"

Serena se quedó sin respirar, esperó que Rhys la defendiera, que los defendiera. El silencio era definitivo antes que él respondió finalmente, "¡Púdrete, Anders!" Su voz estaba llena de ira ahora. Luego él dijo las palabras que hicieron que su cabeza y su corazón giraran a profundidades desconocidas y que su visión se oscureciera.

"¡La única maldita razón por la cual la traje a esta mierda, la única razón por la cual comencé esa maldita relación fue para evitar que los paparazzi comenzar a investigar. ¡Para evitar que descubrieran tu maldito problema con las drogas!"

Su corazón se despedazó. Justo en el medio, ella juraba que podía sentirlo. Su estómago se congeló y un nudo que sintió que era del tamaño de un país pequeño se formó en su garganta. *No puedo escuchar más. No puedo creerlo... En realidad sí puedo, pero no quiero pensar aquí...*

Serena salió del mostrador y corrió de la cocina, ignorando las miradas de las otras chicas y subió por las escaleras, casi creyendo que el correr de sus palabras haría alguna diferencia.

Luego abrió la puerta de su habitación y entró. Parecía que no había dejado nada de él atrás, todo era blanco, limpio, casi clínico.

Ella colapsó en el sofá de la esquina, cerró sus ojos y recordó los eventos de las últimas semanas en su cabeza como si fuera una película. ¿Cómo podría haber malentendido la situación por completo? ¡Se había enamorado total y profundamente de él y él seguía mirándola como una novia falsa!

Necesitaba hablar con alguien. Necesitaba gritar o llorar o

morir o lo que sea. Una parte de su corazón había muerto en esa cocina. Una gran parte. La mayor parte de su corazón. Ahora había un hoyo enorme en su pecho donde solía estar su corazón.

Sin pensarlo, Serena se estiró para agarrar su teléfono de su cartera que había dejado al lado del sofá. Intentó llamar a Katie primero, pero debía de estar en clase porque su llamada entró a buzón. "Hola, soy Katie. O no quiero hablar contigo ahora mismo o no puedo. Como sea, te respondo cuando esté lista. ¡Vive con amor!"

El teléfono de Mary también entró en buzón. Maldita sea. No podía culparlas, la verdad. Serena había estado desaparecida por semanas, no es que ellas deberían estar preparadas y esperando a que ella regresara finalmente sus llamadas.

Serena suspiró. Deseaba tener más amigas. O poder llamar a sus padres para que la buscaran y la llevaran a casa donde estaría segura... pero no podía hacer eso, así que necesitaba pensar en algo más.

Por desesperación y a pesar de cómo dejaron las cosas, ella intentó llamar a Josh. Él era su amigo más antiguo, siempre habían estado el uno para el otro y ella lo necesitaba ahora más que nunca. Tal vez la había perdonado, tal vez no, pero seguramente sí le contestaría.

El teléfono apenas había sonado cuando Josh respondió. "¿Serena, estás bien?"

No. No lo estaba. Al estar sentada en esta habitación blanca sin rastro del hombre que solía vivir en ella, Serena se dio cuenta de que había abandonado todo y a todos los que eran importantes para ella por Rhys y él seguía jugando. Sus acciones eran tan frías y clínicas con esta habitación.

Pero Serena no podía culparlo, Rhys había sido claro desde el comienzo con lo que quería de ella. Es cierto, se sentía como si se hubiera convertido en algo más, pero él no había dicho nada para cambiar lo que Serena sabía desde el comienzo. Una vez más, fue su error. Su error más grave...

¿Cómo podía haber imaginado todo entre ellos? No parecía posible, pero eso no lo hacía menos verdad.

"¿Podríamos vernos, Josh? ¿Para tomar un café o algo? Lamento no haberte hablado, sé que por eso debes estar enojado conmigo, pero me dejé llevar." Ella estaba prácticamente sollozando en el teléfono.

"¿Ser? ¿Dónde estás? ¿Qué sucedió? No estoy enojado contigo. Estoy enojado conmigo mismo. ¿Qué sucede? ¿Por qué suena como si estuvieras llorando'" Josh sonaba confundido y preocupado.

"Yo... no importa. Es una larga historia. Te lo diré cuando te vea. ¿Puedo verte? De verdad necesito hablar contigo."

"Está bien, de acuerdo. Sí, hablemos. No estoy en casa, estoy más cerca de la cafetería que del apartamento. ¿Qué dices? ¿Nuestra cafetería? ¿Ahora?"

"¿Puedes irte ahora?"

"Sí", dudó él. "Creo que sí. ¿Tú puedes?"

"Sí. Definitivamente. Pero me tomará un tiempo llegar ahí."

"Serena, si me dices donde estás, ¿puedo ir a buscarte?" Su voz sonaba suave y contenida.

"¡No! Gracias, Josh, pero llegaré por mi cuenta." Josh no podía venir aquí. Enloquecería si se enteraba dónde estaba.

Serena lo escuchó suspirar, como si le hubiera podido leer la mente. "Vivo en este planeta, sabes. Sé que has estado con él. Tu cara ha estado en los tabloides por semanas."

Serena resopló. "¿Lees los tabloides?"

"Ahora lo hago. Déjame ir a buscarte, Ser, ¿por favor? ¿Dónde estás?"

"Está bien, Josh... gracias, puedo llegar sola. Necesito salir de aquí y no quiero causar ningún drama."

Josh pausó. "De acuerdo, iré ahora a la cafetería. Estoy ansioso por verte de nuevo. Dime si cambias de idea y prefieres que vaya a buscarte, ¿de acuerdo?"

"De acuerdo, lo haré. Te veo en un rato."

Serena respiró hondo. Si se iba... ella no sabía si podría

regresar luego. Las lágrimas cayeron por su rostro, dejarlo iba a doler demasiado. Significaría terminar de romper su corazón, ella lo sabía. Pero tenía que hacerlo. No podía seguir en este juego, ya estaba demasiado profundo, se había comprometido demasiado como para seguir jugando por las apariencias.

Serena volvió a respirar hondo mientras reunía sus cosas, se limpiaba las lágrimas y bajaba por las escaleras y miraba la figura corpulenta de Thomas.

"Thomas, necesito que me lleves a un lugar. ¿Podría pedirte eso?" El comedor seguía cerrado, se escuchó un fuerte golpe del otro lado, pero nadie salió de ahí. Sea lo que sea que sucedía, no sonaba nada bien. Rhys... ¿qué tal si estaba herido?

No. Serena. No. Eso ya no es tu problema, se regañó ella misma. Serena volvió a respirar hondo y luego enderezó sus hombros. Tal vez si lucía confiada comenzaría a sentirse así... aunque lo dudaba, pero valía la pena intentarlo. No perdería nada.

"Claro, señorita Woods. Digo, Serena. Las órdenes del señor Grant siguen vigentes", repitió Thomas impasiblemente como siempre, pero sus ojos lo traicionaron, se podía ver la preocupación en sus ojos que usualmente eran neutrales.

Serena lo siguió afuera y agarró su cartera. Su mochila seguía en el coche de Rhys, pero ella no iba a preocuparse ahora por eso. Rhys había comprado esa ropa para su novia falsa, que la próxima las use... ella se ocuparía del resto después. A Mary y a Katie les encantaría buscar mis cosas, ya que lograría estar en su casa y todo eso.

Serena echó un último vistazo a la casa de Misery mientras atravesaban las puertas y sus ojos se llenaban de lágrimas. El hombre que amaba estaba en esa casa. Solo deseaba que su corazón no estuviera tan cerrado para ella como esas puertas lo estarían en unos segundos.

23

"¿Éste es el lugar, Serena?" preguntó Thomas, dejándola fuera de una cafetería cerca de la casa de sus padres. Josh y ella se han encontrado ahí por años, estaba lo suficientemente cerca para que la ansiedad de su madre no explotara. El ver el lugar familia se sintió como regresar a casa. Probablemente fue lo más cerca que estuvo de casa por mucho tiempo.

"Sí. Aquí es. Gracias, Thomas. Por todo. De verdad eres una buena persona. Cuídalo bien, ¿de acuerdo?"

Thomas aceptó con brusquedad. Si estaba sorprendido por su pedido, no lo demostró. Serena salió del coche y se despidió de él mientras regresaba al tráfico.

Josh ya estaba ahí, esperando en su mesa favorita. Una de las pocas libertades que siempre había disfrutado era encontrarse con Josh para tomar café y la familiaridad de todo la hizo sorprenderse. Josh estaba soplando su taza, sus manos estaban alrededor de la taza y miraba su café como si contuviera todos los secretos del universo.

Josh se levantó al mirarla y la abrazó.

"Gracias por verme tan de repente. Lamento no haberte

hablado. Debí haberte dicho lo que sucedía conmigo, pero era... difícil."

"Cualquier cosa por ti, Ser. Ya lo sabes. Siempre. Nunca lo dudes. Me alegra que me llamaras. ¿Qué sucede?" Josh pidió su orden usual y esperó que hablara.

Serena miró su cara familiar y fue atacada por una diarrea verbal. El café, el lugar, Josh, todo hizo que regresara en el tiempo a la época en la que solía contarle todo y eso fue exactamente lo que hizo.

Bueno, ella le contó todo, excepto la parte de que era una novia falsa y las partes sexualmente explícitas, ella sabía cómo se sentía sobre eso.

"Lamento hacerte esto de nuevo, Josh. ¡Me siento demasiado estúpida, usada e ingenua!"

"Ser, nadie hubiera dejado pasar la oportunidad de ser asistente de Misery. ¡Creo que ni siquiera yo hubiera dejado pasar la oportunidad de trabajar con Misery! Pudiste conocerlos y ver cómo funciona la banda. Las personas matarían por esa oportunidad. Demonios, las personas matarían para que tú escribieras una novela contándolo todo, pero no lo harás, ¿cierto?"

"No", sollozó Serena. "Lo amo, Josh. Es triste, pero es verdad. Lo amo, todo sobre él, todo lo que es, era y será. No solo las partes que el mundo conoce y piensa que ama, yo amo a su verdadero ser. Lo amo por completo."

Josh respiró hondo. "Entre imbéciles como Bryan y Rhys, ¿cómo sabes lo que es real?" preguntó él.

Sin esperar una respuesta, él se acercó y levantó su barbilla para que sus ojos llenos de lágrimas miraran los suyos, los cuales estaban determinados. "Yo soy real. Soy real, Ser. Siempre lo he sido." Sin advertencia alguna, él acercó sus labios a los de ella, sus manos estaban en su cabello, sosteniéndola.

Serena estaba tan en shock que se quedó quieta. No le devolvió el beso, no se movió, solo permitió que se moviera hasta que terminara, hasta que se diera cuenta de que esto fue un error.

De repente, la calidez de Josh ya no estaba y de repente fue lanzado contra la pared. Rhys había aparecido de la nada. ¡Demonios! Thomas debió haberle contado dónde la había dejado. ¿Rhys? ¿Por qué estaba aquí? ¿Por qué le importaba dónde estaba?

Rhys volvió a golpear a Josh con su puño.

"¡No!" Su voz sonaba más autoritaria de lo que sentía. "Detente, Rhys."

"¿Así que desapareciste para venir aquí? ¿A una reunión secreta con tu amiga? ¿Prefieres estar con este imbécil que conmigo, Serena?" preguntó Rhys, su voz repleta de sarcasmo.

"¿Han estado juntos todo el tiempo, tomando mi dinero y riéndose a mis espaldas? Debiste haber esperado que comenzáramos a grabar, Serena. Hubieras tenido horas antes de que notara que no estabas ahí, pero no pudiste esperar ni siquiera una reunión de la banda, ¿cierto? Los últimos días debieron haber sido el infierno para ti, con razón querías que te llevara a otro lado de camino a la playa..." Rhys tenía el atrevimiento de lucir herido.

Serena se quedó callada al inicio, luego reunió su valentía y su enojo comenzó a aumentar poco a poco. "Primero, ese imbécil que mencionaste, es uno de mis amigos más antiguos y lo has lastimado y a mí también. Segundo, ¿cómo te atreves a acusarme de eso? Tú sabes muy bien lo que pienso de la fidelidad en las relaciones, Rhys. Aunque eso no es lo que tú y yo teníamos, obviamente. Pero si yo hubiera estado con Josh, entonces no hubiera estado contigo. Ni por todo el maldito dinero del mundo. Por último, los últimos días en la playa fueron lo opuesto al infierno para mí, fueron los mejores días de mi vida, pero puedo imaginarme que no lo fueron para ti. Entonces, si todo es lo mismo para ti, Rhys, será mejor que te vayas." Su garganta le quemó cuando dijo las palabras, las lágrimas cayeron por su rostro, pero podía escapar de esto...

Serena no tenía idea por qué había venido a buscarla, tal vez porque había quebrado su imagen pública, tal vez porque ella había terminado su pequeño juego y no había sido él, Serena no lo sabía. Pero no le importaba, no lo había hecho porque la amaba, eso era lo único de lo que estaba segura y eso era lo único que importaba.

Rhys la miró, en sus ojos se podía ver dolor, ira y asco. "Tal vez nunca fuiste más que una maldita falsa... no me vuelvas a llamar. Nunca. No voy a cambiar mi número solo por esto, ¿de acuerdo? ¡Así que hazme un maldito favor y piérdelo!" Rhys no volteó la mirada mientras avanzaba hacia el coche y Thomas aceleraba.

24

Josh había luchado por levantarse con un, "¿Qué diablos, Serena?" La mesera de la cafetería había observado el encuentro y estaba esperando congelada cuando él logró ponerse de pie. Él la miró por un largo rato y luego pidió un taxi y se fue. La mirada herida en su rostro indicaba que su dolor emocional superaba a las heridas físicas que le había causado Rhys.

Cuando se fue, Serena se quedó sentada aturdida y en silencio mientras recordaba los eventos de los últimos minutos y pedía un taxi, necesitando con desesperación a su mejor amiga. Serena logró decir la dirección de Mary a través de sus sollozos. No tenía idea si estaba en casa, pero se quedaría sentada y esperaría hasta que regresara.

Esperar que sus amigos estuvieran en casa se había convertido en algo común para ella, pensó Serena de repente, pero luego se olvidó del tema. No tenía la capacidad para pensar en otra cosa que no fuera Rhys. El enorme hoyo en su pecho estaba ardiendo y su estómago estaba revuelto. No parecía que las lágrimas fueran a terminar o que este sentimiento fuera a desaparecer, así que se abrazó ella misma para intentar mantener las piezas rotas de su cuerpo juntas cuando parecía que iba a despedazarse por completo.

"¡Eres la peor amiga del mundo!" exclamó Mary mientras abría la puerta y se lanzaba para abrazarla con fuerza antes de mirarla apropiadamente.

"¡Desapareces con mi estrella de rock favorita y no me cuentas nada!" Su cara cambió cuando la soltó y miró el rostro de Serena.

"Claramente esta estrella de rock no es alguien bueno en asuntos del corazón", dijo Mary antes de abrazarla de nuevo y cerrar la puerta.

Ella la llevó al patio, preparó cócteles para ambas y luego acarició su cabello mientras Serena lloraba. Solo escuchó, no dijo una palabra mientras Serena contaba la historia entre sollozos. Ella bebió su cóctel y el fuerte alcohol le quemó la garganta, pero le soltó la lengua y le contó absolutamente todo. Ya no importaba si había firmado un contrato que le impedía contar algo.

Le tomó algunas horas calmarse y dejar de llorar, al menos por ahora. Después de los cócteles, Mary la sentó en el sofá con un pijama y un envase de helado mientras la escuchaba relatar cada minuto de las últimas semanas y que se había enamorado por completo de un hombre que no la quería para nada más que posar para un par de fotografías...

Ahora que las lágrimas se habían detenido y la historia había sido contada, ella estaba exhausta. Estaba completamente drenada, su mente estaba aturdida y cada extremidad le pesaba una tonelada.

No tenía idea cómo iba a sobrevivir esto. Las personas no morían de un corazón roto, ¿cierto? Tal vez eso le estaba sucediendo, pensó Serena mientras se acurrucaba en el sofá de Mary y miraban una horrible película de acción que acababa de comenzar, sintiendo claramente que ya había terminado de hablar y ahora necesitaba lidiar con este dolor.

No supo cuánto tiempo se quedó echada, despertando y

durmiendo hasta que el sueño le ganó y ella se rindió. *Sip, definitivamente me estoy muriendo*, fue su último pensamiento mientras se dormía con la imagen de la hermosa sonrisa de Rhys frente a ella.

Fue como si un montón de ladrillos le cayeran encima cuando despertó y una de las películas de Mary terminaba. Rhys no estaba ahí. Se había ido. Todo regresó a su menta y el dolor era peor que antes. Serena cerró sus ojos e intentó bloquear todo. Pero todo lo que veía era a Rhys volteándose y alejándose de la cafetería. Fue real. Se había ido. Nunca la había amado.

Antes de comenzar a sollozar de nuevo, los ojos de Mary la miraron y habló con suavidad.

"Él me llamó, ¿sabes?"

"¿Él? ¿Rhys? ¿Cómo?"

"No lo sé, mi corazón casi se detuvo cuando escuché su voz. No sé cómo sobreviviste a esa voz." Serena intentó no pensar en su voz, esa voz hermosa y melódica y su hermosa risa... Las lágrimas se acumularon en sus ojos.

"¿Pero por qué llamó?" logró decir eventualmente.

"Quería saber dónde pensaba que podrías estar, susurró algo de que su seguridad se había vuelto muy cercano a ti para decirle. Sonaba muy estresado y preocupado."

"¡Oh, bendito Thomas! ¡No la había delatado! Ella sabía que le gustaba, aunque ya no significaba nada...

"Le dije que como tú te habías ido con él, él era el que debía saber dónde estabas. Pero le dije que intentara en la cafetería. Cuando le pregunté por qué no sabía dónde estabas, me dijo que no tenía idea, un segundo todo era perfecto y al siguiente habías desaparecido sin decir una palabra."

"¿En serio, eso fue lo que dijo? Todo no fue perfecto, para nada... yo pensé que lo fue, pero no lo sabía. Y no me desaparecí, me escapé porque me rompió el corazón. ¡Luego golpeó a uno de mis amigos más antiguos sin ninguna razón!"

"Cariño, sabes que soy cien por ciento de tu equipo, a pesar de que daría un dedo por conocer esa banda, pero vamos a ver el escenario con objetividad por un segundo." Ella sonaba como la abogada en la que iba a convertirse mientras mencionaba los hechos.

"Escuchaste una conversación que no se suponía que escuchara nadie más que los que estaban dentro de esa habitación y tampoco te quedaste a terminar de escuchar. No tienes idea lo que sucedió después de eso. Rhys no sabe que lo escuchaste y tú no te quedaste para saber cómo terminó la conversación. Todo lo que sabe Rhys es que te escapaste para ver a Josh cuando él estaba en una reunión y cuando Rhys aparece, ahí estás tú, besándote con el desagradable de Josh. ¿Qué se supone que va a pensar?"

Mary nunca le había gustado Josh, ¿pero desagradable?

"Rhys no sabe lo que tú escuchaste y tú no sabes el contexto de sus palabras y no sabe que Josh te besó y que tú no lo besaste. Pero el haberlos encontrado besándose lo deja todo claro, amiga. No sé lo que pienses, pero le debes la oportunidad de explicar su historia y tú debes hacer lo mismo. No digo que lo hagas ahora mismo, pero si de verdad significa algo para ti, y es obvio que así es, te debes eso como mínimo."

"Rhys significa todo para mí." Serena nunca había estado tan segura de algo en su vida.

"Entonces tienes que intentarlo, bebé. Dale la oportunidad de explicarse, no todo es siempre lo que parece, ya lo deberías saber después de lo que sucedió con Josh."

Ella tenía razón, Serena lo sabía. Pero ella no sabía si podría escuchar esas palabras de él una vez más. Sin embargo, ella también tenía razón sobre Josh. Serena se debía a ella misma intentar explicarle como mínimo. Un fuerte gruñido se le escapó al tomar la decisión. Ella enfrentaría el dolor, tenía que hacerlo. Pero no ahora mismo, necesitaba un día o dos para acumular las fuerzas para hacerlo. Solo para que él la despedazara una vez más.

Pasaron los próximos días en el sofá en pijama, comiendo

helado directo del envase y mirando películas de terror horribles. Mary tenía algunas películas de Marvel guardadas en su DVR y cada vez que pasaba por una, ella sentía una punzada de dolor en su corazón y en su estómago y los bordes de su visión se oscurecían. No podía enfrentarlo...

Serena había repasado una y otra vez su decisión de ver a Rhys, intentar explicarle y darle la oportunidad de hacer lo mismo si quería.

Katie vino en la mañana. La abrazó con fuerza y escuchó su historia. Una vez más, a ella no le importó que la pudieran demandar. Serena sabía que ninguna de estas chicas diría algo.

Sus padres seguían horrorizados, según le informó Katie. Ahora que estaba metiéndose con un tipo tatuado, su madre estaba diciéndole a todos los que quisieran escuchar que Bryan le rompió el corazón y que aparentemente solo estaba teniendo una rabieta y luego regresaría 'a bordo'.

Sin embargo, la fundación había logrado abrir dos nuevas casas gracias a las ganancias del video musical de Misery, así que eso era algo bueno. Aunque su corazón seguía doliendo cuando pensaba en ellos. Rhys había desaparecido. Whatsapp ni siquiera le mostraba cuándo fue la última vez que estuvo en línea. Jett, Milo y Luc le habían enviado mensajes preguntando si estaba bien, pero al recibir la respuesta, todos se quedaron callados y ella tampoco intentó comunicarse, aunque deseaba hacerlo.

Después de pensar una y otra vez la situación con Rhys, incluso su hermana estaba de acuerdo con Mary de que debería al menos intentarlo si de verdad lo amaba. Aunque después de los últimos días, ninguna dudaba de que fuera verdad. Ahora Katie estaba a un lado de ella y Mary al otro.

"Dijiste un día o dos hace tres días, cariño. ¡Hazlo! Ahora mismo, escríbele. O llámalo. Envíale una maldita paloma mensajera si quieres, pero ya es hora. No puedes esperar más, Serena. Esto te está carcomiendo y estoy preocupada", dijo Katie mientras abrazaba a Serena. Mary estaba revisando su teléfono cuando se detuvo de repente, entrecerró los ojos y luego estuvo de acuerdo con Katie.

"Ahora parece un buen momento. Todos están en la casa de Misery pasando el rato en la piscina."

Su estómago se detuvo y su corazón comenzó a dolerle de nuevo. "¿Cómo lo sabes?" dijo Serena cuando sus pulmones volvieron a llenarse de aire.

"Luc publicó una fotografía en Instagram. Ninguno había publicado nada desde el día que sucedió todo, pero esa fotografía de Luc acaba de aparecer, ¿ves?" Ella volteó el teléfono para mostrarle, pero ella cerró los ojos. *No puedo verlo. Y también parece que no podía evitar no verlo*, pensó Serena mientras miraba la pantalla.

¡Dios, es hermoso! Su boca se secó y su corazón se apretó en su pecho mientras miraba su rostro en la pantalla. Rhys era todo para ella... y no lucía feliz, para nada. Al ver la expresión en su rostro, ella se decidió. Puede que la deje en pedazos, pero tenía que intentarlo. Ellas tenían razón.

Serena agarró su teléfono mientras Katie soltaba un silbido. "¡Se acerca una nube de tormenta!" dijo ella en voz baja.

Katie y Mary intercambiaron una mirada. "Se parece a ti, hermana." Ella podrá lucir como una maldita nube de tormenta, pero corre tras él era como perseguir una nube de tormenta, nunca podrías atraparla...

Serena agarró su teléfono con dedos temblorosos y ambas asintieron y la miraron.

Serena: Sé que dijiste que no llamara. Así que no lo haré. Pero no he perdido tu número. Lo siento... ¿crees que podamos encontrarnos? Necesito explicar... ¿por favor déjame explicar?

Serena dejó el teléfono en su regazo y se quedó tiesa. Pero nada sucedió. Luego lo revisó un millón de veces para asegurarse de que no estuviera apagado o que no le hubiera alertado del mensaje. Nada.

Ahora Katie y Mary estaban conversando, pero no le quitaban la mirada de encima por mucho tiempo. Se sentaron en silencio por varios minutos después de enviar el texto, esperando por su respuesta, pero luego se les ocurrió intentar distraerla.

Serena sentía que iba a vomitar. Sus palabras daban vueltas en su cabeza y no podía concentrarse en nada de lo que decían. La estaba rechazando, no le daba la oportunidad de explicarse… su estómago se revolvió para alertarle que iba a vomitar de verdad y ella corrió al baño y perdió todo el helado que había comido esa mañana.

Katie apareció detrás de ella, le acarició la espalda y le dio el teléfono a Serena luego de que se lavó las manos.

"Tienes un mensaje, hermana", dijo Katie con timidez.

Su cara se puso blanca y de nuevo pensó que se enfermaría. Si Rhys decía que no… ella cerró sus ojos y se sentó en el frío piso del baño antes de abrir el mensaje.

Rhys: De acuerdo. Parque Century. Una hora.

Cinco palabras. Cinco pequeñas palabras. Objetivamente, eso era todo lo que eran. Pero para ella, en este preciso instante, eran un faro brillante de la emoción más peligrosa que podría sentir alguien en su posición, esperanza.

¡Dijo que sí! Estaba mareada de alivio y soltó una pequeña risa maniaca. "¡Dijo que sí!" le chilló a Mary y Katie que estaban mirándola preocupadas. Luego soltaron un suspiro colectivo, la levantaron y comenzaron a saltar abrazadas.

"¿Cuándo lo verás?" chilló la voz emocionada de Mary en su oído.

"Una hora." Serena soltó otro suspiro de alivio, la esperanza estaba inflándose como un globo dentro de ella.

"Bueno. Lamento decírtelo, amiga, pero necesitas una ducha y tenemos que hacer algo con tu cabello. Rápido. Katie y yo te buscaremos algo de ropa."

Se rieron mientras corrían hacia la habitación de Mary y hablaban emocionadas. ¿Cuándo se habían vuelto tan cercanas? Siempre se habían tolerado, pero nunca había sido amigas.

Serena miró su reflejo en el espejo y sintió que alguien la había golpeado en la garganta. Se veía horrible. Tenían razón. Otra vez. Tendría que hacer algo al respecto, ¡rápido!

Serena se bañó rápido, se lavó dos veces el cabello y luego se cubrió con una toalla, secó su cabello con una toalla y luego fue a la habitación de Mary.

Katie le había traído algo de la ropa que había quedado en la casa de sus padres y sus ojos se enfocaron en el vestido que habían elegido. Era perfecto. Era un vestido azul veraniego que iba a juego a la perfección con el color de sus ojos.

¡Se había olvidado de que lo tenía! Le quedaba justo por encima de las rodillas y tenía un escote decente. Rhys la amaba en vestidos... ella lamió sus labios al pensarlo, pero luego detuvo sus pensamientos. No podía adelantarse, tendrían que resolver muchas cosas antes de pensar en lamer algo. *Si es que logro volver a lamerlo alguna vez*, pensó Serena deprimida y luego regresó a la Tierra.

Mary mostró un collar y unas sandalias que iban a la perfección con el vestido mientras que Katie peinaba su espeso cabello oscuro vigorosamente. Seguía húmedo, pero no tenía tiempo de secarlo por completo, así que tendría que ir al natural. Se colocó poco maquillaje, intentando ocultar como mínimo los círculos oscuros alrededor de sus ojos.

Ambas chicas agarraron sus carteras mientras ella recogía la suya.

"¿Dónde van?" preguntó Serena escéptica.

"Vamos contigo, hermana. Apoyo moral. Si todo sale mal, estaremos ahí para recoger los pedazos y si todo sale bien, conoceremos a Rhys. Tal vez los chicos estarán ahí para darle apoyo moral", dijo Katie con un brillo en sus ojos.

"No estoy segura, chicas. Rhys no va a querer una audiencia..." dijo Serena.

"¡No vamos a ir contigo a hablar con Rhys, Es!" dijo Mary. "Solo estaremos cerca. ¿Dónde vamos?" Estaba claro que ninguna de las dos iba a aceptar un no por respuesta, así que ella aceptó para poder llegar a tiempo. Dios sabía que Serena no iba a perder esta oportunidad solo porque no pudo convencerlas de que no vinieran.

"Parque Century. Lugar que será conocido desde ahora como el lugar que cumplirá mis sueños o los destruirá." Serena comenzó a jugar nerviosa con su reloj mientras salían.

"¡Oh, conozco una buena cafetería ahí! Me encanta un latte que preparan", balbuceó Katie detrás de ella mientras bajaban por las escaleras y pedían el taxi que la iba a llevar hacia Rhys, tal vez por última vez.

Serena intentó desterrar todos los pensamientos negativos de su mente. ¿No era ese el secreto? ¿Pensamientos y vibras positivas y todo eso? Ella esperaba que fuera así...

Se detuvieron en el parque y de repente estuvo segura de que esto era una mala idea. Ya había pasado días sin Rhys, ¿qué tal si ya se estaba curando y él la dañaba de nuevo? Serena cambió de parecer e intentó regresar al taxi, pero Katie y Mary la bloquearon, como si supieran que ella iba a hacerlo.

"¡Ve por él!" La animaron ambas con pompones imaginarios mientras cruzaban la calle hacia la cafetería de Katie y ella caminaba hacia el parque, sola y más nerviosa que nunca en su vida.

25

Serena sintió esa atracción familiar y lo encontró sentado en una banca debajo de un árbol enorme al lado de un estanque. Era privado y casi escondido entre los arbustos. Su aliento desapareció de sus pulmones y se quedó quieta por unos segundos al verlo. Como si Rhys también pudiera sentir su presencia, él se volteó en la banca y la encontró con su mirada. Su corazón se le subió a la garganta mientras se le acercaba lentamente y sin romper el contacto visual.

Serena quería correr hacia él, lanzar sus brazos a su cuello y nunca dejarlo ir. Pero esa no era una opción ahora mismo, así que Serena avanzó con movimientos controlados hasta que llegó a la banca y se sentó junto a él. Estaba mareada por la proximidad y la difícil conversación que iban a tener. Cuando se fuera de este lugar, su corazón iba a estar totalmente quebrado por última vez o iba a comenzar a sanar. Serena respiró hondo al acercarse.

Serena podía sentir la electricidad entre ambos cuando se sentó, no se estaban tocando, pero se estaban mirando.

"Hola", chilló Serena al sentarse. Sí, chilló. Así de nerviosa estaba. Demasiado sexy. *Gracias, damas y caballeros, estaré aquí toda la semana.* Serena hizo una pequeña reverencia a las voces en su cabeza.

"Hola." ¡Oh, esa voz! Su cabeza giró un poco al escucharla. Ella había estado tan segura muchas veces en los últimos días que no volvería a escucharla en persona, sin embargo, ¡la acababa de escuchar! Rhys estaba aquí...

"¿Cómo estás?" preguntó ella, incómoda.

Rhys la miró antes de ponerse derecho y tragar con fuerza. "¿En serio? ¿Cómo estoy?" Sus ojos estaban serios y sus dedos estaban entrelazados en su regazo. Si ella no lo conocía mejor, diría que estaba igual de nervioso que ella, pero no podía estarlo. Rhys había tocado con estadios repletos con miles y miles de personas y lo hizo sin dudarlo. No, debía ser algo más... ella no era ninguna celebridad, no podía estar nervioso por hablar con ella.

Su voz la sacó de su pequeño debate interno.

"Estoy hecho mierda, Serena. Pura mierda, en realidad." Rhys se rio sin humor. "¿Es eso lo que quieres escuchar?" Su voz era dura como el metal, tan dura como sus ojos que no dejaban de mirarla.

"Lo siento, Rhys", dijo Serena con suavidad. "¡Por supuesto que no quiero escuchar eso!" Su voz se quebró un poco.

"No vine aquí por un 'lo siento', Serena. Dijiste que querías explicar algo, así que explica. No te disculpes. Solo explica." ¿Era dolor lo que escuchaba en su voz?

Serena respiró hondo e intentó calmarse. Debería haber planeado lo que iba a decir. Maldición. De acuerdo, ella podía hacerlo. Tenía que intentarlo, ¿cierto?

"¡He comido más helado en los últimos días que en toda mi vida!" soltó ella.

Sus ojos se entrecerraron. Cierto, eso no era una explicación.

"Lo siento, estoy... estoy muy nerviosa y debí haber preparado lo que iba a decirte, pero no lo hice y ahora hay muchas cosas que quiero decir y explicar y no sé por dónde comenzar y cómo decirlas." Serena podía sentir que sus lágrimas querían regresar, pero se aguantó. Esta era su única oportunidad. La última que tendría. Necesitaba aprovecharla y lidiar luego con las lágrimas. Ella sola, luego de que la rechazara de nuevo... el pensar eso trajo nuevas lágrimas, pero las aguantó también e intentó calmarse antes de que Rhys hablara.

"Comienza por lo que sucedió luego de que entrara en esa reunión. Creo que ese es un buen comienzo, ya que fue el inicio del maldito final." Su voz era más baja ahora y ella podía sentir dolor y tal vez algo más.

Espera, ¿el final? Rhys dijo final... Ella intentó tragar el nudo del tamaño de un país que se había formado en su garganta al escuchar sus palabras. Se rehusó a desaparecer, así que forzó sus palabras.

"De acuerdo. Uhm. Fuiste a la reunión y me dijiste que subiera a tu habitación. Estaba de camino cuando vi a varias groupies sentadas en el mostrador de la cocina." Rhys la miró confundido por un segundo antes de decir, "¿en la rejilla del aire acondicionado?"

"Sí. Me dijeron que me acercara y no lo sé... yo fui. Pude escucharte al otro lado." Sus cejas se elevaron de sorpresa cuando dijo que había ido a la rejilla del aire acondicionado, pero ella continuó.

"No sé por qué lo hice. Me he hecho esa pregunta miles de veces. Era una conversación privada, lo siento mucho."

"Serena", le advirtió Rhys, parecía que iba a interrumpirla de nuevo.

"No, déjame terminar, por favor... tengo que explicarte." Sus hombros estaban tensos, pero no dijo nada. "De acuerdo, lo siento. Uhm, digo, no lo siento. De acuerdo, dejaré de decir lo siento." Respira hondo, Serena.

Solo cuéntalo todo, se regañó ella misma. Serena se animó ella misma con pompones en su cabeza y continuó, intentando mantener su vibra positiva o lo que sea y sin disculparse esta vez.

"Como dije. Podía escucharte. Te escuché discutiendo con Deacon y Anders y entonces", sus ojos se pusieron borrosos al recordarlo. "Te escuché diciendo que la única razón por la que yo estaba ahí era para evitar que la prensa se enterara del problema de drogas de Anders y... yo sé que para eso estaba ahí. Pero... dejó de ser algo falso para mí, ¿sabes? Yo, tú... mi corazón se hizo pedazos al escucharte decir esas palabras. Fui a tu habitación, pero tenía que salir de ahí. Tenía que hablar con alguien y Mary y Katie no estaban contestando, así que le hablé a Josh y le pedí encontrarnos en la cafetería."

"Maldición", dijo Rhys. "Por eso no debes escuchar las conversaciones de los demás. Y si vas a hacerlo, ¡escúchalas completas!" Rhys repitió las palabras de Mary y la hizo sentirse peor.

"¡Yo te defendí ante ellos, ¡nos defendí! Amenacé con dejar la maldita banda por lo que estaba diciendo Anders de ti, de nosotros. Les dije que te había pedido que fueras mi novia falsa por esas razones, pero ya no eras eso para mí. No lo has sido por un tiempo. Ni siquiera un poco. Para cuando rompí la maldita mesa y me fui, tú te habías ido y cuando te encontré... estabas pegada a sus labios."

El golpe que escuchó antes de irse. Mierda, debió haberse ido justo antes de que Rhys saliera.

"Escuché el golpe", dijo Serena en voz baja. "Pero no sabía que me habías defendido o que nos habías defendido... o que habías amenazado con renunciar a Misery... lo... lo..." Ella se detuvo antes de volver a disculparse.

"Incluso entonces, Serena", prácticamente le estaba gruñendo. "Eso no te da el derecho de saltar a los brazos de otro. ¡Si hubieras sentido algo por mí, me hubieras esperado, hubieras hablado conmigo!" dijo Rhys con amargura.

"No... mierda, Rhys. Sé lo que debe haber parecido, pero te lo juro, ¡yo no salté a sus brazos! ¡No quería que me besara! Solo necesitaba hablar con alguien y Josh es uno de mis amigos más antiguos. Nos conocemos desde que tenía siete años. Le pedí a Josh que nos encontráramos en la cafetería para hablar. Tienes razón, debí haberte esperado y hablar contigo. Pero estaba tan en shock. Y herida. No estaba pensando con claridad. Le conté lo que sucedió y Josh dijo algo de que era real y que yo no sabía lo que era real y luego me besó. Estaba tan en shock que me quedé congelada. Y ahí apareciste tú."

Por primera vez desde que Serena llegó al parque, sus ojos parecían tranquilos. Eran más como los de su Rhys, el Rhys del que Serena estaba enamorada por completo y al cual no se lo había dicho. Pero ella tomó la mirada en su rostro como coraje para continuar.

"Sé que tenía dudas sobre ti al comienzo, Rhys. Por el acuerdo y todo, pero eso no tuvo que ver con Josh. ¡Yo nunca iba a estar con él! Josh es solo un amigo, siempre lo ha sido. Nunca he tenido esos sentimientos por él. Tú, por otro lado..." Ella sintió las lágrimas cayendo por sus mejillas al pensar en lo que sentía por Rhys, intentó acumular el coraje necesario para decírselo.

Rhys gruñó y la abrazó. Serena enterró su cara en su pecho y pasó su mano por su cabello, intentando calmar las lágrimas al olerlo y sentirlo cerca.

Nada en este mundo olía tan divino como Rhys. Si pudieras embotellarlo y venderlo como perfume, podrías hacer más dinero que Misery. Rhys la sostuvo con fuerza y pasó sus dedos por su cabello una y otra vez. Se quedaron así por un rato. Sin dejarla ir, Rhys levantó su miraba para que lo mirara directo a esos ojos tan hipnotizantes y hermosos que tenía.

"¿Entonces nunca estuviste con él? ¿Te forzó el beso?" Rhys le parpadeó y ya parecía mucho más relajado.

"Sí", contestó Serena. Rhys la miró atentamente, encontrando lo que estaba buscando ahí dentro. Rhys soltó un suspiro y ella esperaba que fuera de aceptación.

"¿Qué dices, princesa, crees que podamos tener otra oportunidad?" preguntó en voz baja.

Su corazón se hinchó con la alegría más increíble y abrumadora mientras veía su expresión y se maravillaba al descubrir que Rhys la quería de verdad.

"Sí", dijo Serena con voz suave. "¡Claro que sí!" dijo, esta vez con más firmeza.

Su boca mostró la sonrisa más radiante que ella hubiera visto hasta el momento antes de que presionara sus labios y la besara de nuevo con el hambre de un hombre famélico. Fue un beso consumidor que pudo sentir en todo su cuerpo y en las partes más profundas de su alma y ella gimió con felicidad.

"Te amo, Rhys." Las palabras salieron cuando terminó el beso. Sus ojos se abrieron por un segundo y Rhys volvió a sonreír, esta vez con una sonrisa más radiante que cuando dijo que sí, su cara parecía que se iba a romper. "Y yo también te amo completa y totalmente, Serena", dijo Rhys antes de volverla a besar.

Se sentía como si hubieran pasado horas desde que había entrado al parque; no sabía cuánto tiempo había pasado mientras ella y Rhys caminaban hacia la salida, sus manos entrelazadas. Su brazo la sostenía cerca. Debieron lucir muy tontos, pero nada podría explotar esa burbuja. Rhys llevaba una gorra de béisbol y gafas de sol y con su cara oculta en su cuello y cabello, nadie los iba a molestar.

"Hey, ¿quieres conocer a mi hermana y a Mary? Insistieron en venir conmigo para darme apoyo moral o algo así. Están en esa cafetería de ahí. Está bien si no quieres, son grandes fanáticas, así que tal vez griten... pero han estado muriendo por conocer a mi novio y ellas me ayudaron mucho en este proceso de los últimos días..."

"¿Apoyo moral?" preguntó Rhys con una expresión divertida en los ojos.

Las puntas de sus orejas se encendieron. "Sí, querían estar aquí en caso de que las cosas no salieran bien y para conocerte si todo se arreglaba. Sé que suena patético, pero..." Él la cortó con un beso.

"¿Esa cafetería de ahí?" Rhys asintió hacia ella y sonrió.

"Sí, esa es."

"Mira el coche que está estacionado afuera, princesa."

Serena vio su Range Rover negra, un poco confundida porque estaba señalando su coche, hasta que levantaron sus manos unidas en el aire como si estuviera celebrando una victoria y sonrió. "Milo y Luc están dentro. Apoyo moral o algo así." Sus ojos brillaron.

"¿Entonces, vas a presentarme a tu hermana y tu mejor amiga o voy a ser tu pequeño secreto para siempre? Tú ya conoces a mi familia."

Katie y Mary comenzaron a celebrar cuando ellos entraron a la cafetería con las manos entrelazadas, así que ella copió el gesto de 'victoria' de Rhys y ella se inclinaron un poco antes de acercarse a ellos.

Afortunadamente, la cafetería estaba algo vacía y los otros clientes no parecieron muy alarmados por la celebración.

"Rhys, conoce a Katie y Mary. Ustedes lo conocen, pero él es Rhys, oficialmente mi novio." Su sonrisa radiante estaba de regreso mientras jalaba a Katie y Mary en un abrazo grupal. No falta decirlo, pero ambas chillaron al abrazarlo, pero a ella también la abrazaron y Katie le susurró al oído, "¡Estoy orgullosa de ti, hermana! ¡Sé feliz!"

"Hey, hey, hey, ¿qué es esto?" La fuerte voz de Luc sonó desde la puerta mientras él y Milo se les acercaban.

"¿No estamos invitados al abrazo grupal?" Milo fingió sentirse herido. "Saben, escuché que esto pasa cuando te enamoras, te olvidas de los amigos y esas cosas. Pero mi hermanita prestada, esperaba algo diferente de ti", dijo Milo con drama y colocando su mano sobre su corazón, pero ambos se rieron cuando los jalaron y los abrazaron.

"Es bueno verte, Sese", exclamó Milo mientras el abrazo grupal terminaba. "Es un inútil sin ti. Deberías haberlo visto, Sese", dijo Luc. ¿Ahora también era Sese con él? Parece que el apódo había llegado para quedarse. "¡No se podía vivir con él, no vuelvas a irte!" Sus quejas duraron por otro minuto hasta que notaron a Katie y a Mary, las cuales estaban mirándolos con la boca abierta.

Serena sonrió al ver sus expresiones. Ambas solían ser confiadas y seguros, sin embargo, su hermana y su mejor amiga estaban sin poder hablar. ¡Increíble!

"Katie, Mary, conozcan a Luc y Milo, aunque no es necesario presentárselos", bromeó Serena. "Luc, Milo, ella es mi hermana Katie y mi mejor amiga, Mary."

Katie fue la primera en recuperarse y para su sorpresa, antes de siquiera reconocer a Milo y a Luc, ella golpeó a Rhys en el brazo. "La vuelvas a lastimar y te voy a perseguir hasta afeitarte las cejas, ¡no me importa si tienes un ejército de seguridad! ¡Encontraré la forma! ¿Me escuchas?" dijo Katie indignada.

"Sí, señora." Rhys le dedicó un pequeño saludo, sus ojos se arrugaron por la risa.

"Bueno, en ese caso, es un placer conocerlos a todos."

Milo, Luc, Katie y Mary intercambiaron abrazos. Terminaron los saludos y luego Luc exclamó, "¡Bebidas de celebración en la casa! ¡La nube de tormenta se ha despejado! ¡Sese ha regresado! ¡Todo está bien en el mundo! ¡Bueno, agua sabor a celebración para mí! ¡Al demonio!" Luc repitió la misma analogía de la nube de tormenta de Katie sin saberlo. "Al demonio, es una ocasión especial, gaseosa para mí!" dijo Luc riéndose.

Rhys la atrajo, sus manos tocaron su cintura. "Ustedes vayan, nosotros los alcanzamos en... un par de días." Rhys sonrió. "Me voy a llevar a mi novia a casa y no va a dejar mi cama durante el tiempo que estemos lejos, así que no nos esperen por dos días y medio, como mínimo."

Sus risas y celebraciones los siguieron mientras Rhys la guiaba fuera de la cafetería, su palma parecía estar quemando su espalda baja.

26

Seis meses después

¿*Recuerdan* cuándo la vida se fue al demonio, estalló en llamas o como quieran en seis días hace algunos meses? Bueno, mi vida ha sido absolutamente perfecta por seis meses, pensó Serena.

Serena golpeó el brazo de Mary probablemente por décima vez. "¡Deja eso!" bromeó ella mientras le pasaba el próximo cupcake para que le echara el glaseado.

Mary y Serena estaban en la cocina en la casa de Malibú, estaban terminando el glaseado de los últimos cupcakes para el postre de navidad.

Solo que Mary estaba más concentrada en mirar a Milo, Rhys y Luc que estaban en el sofá que en el glaseado. Luc y Rhys estaban tocando sus guitarras y los tres estaban cantando algunas canciones viejas de Misery, intentando decidir quién podía imitar mejor a Jett. La música se detenía en ocasiones con muchas risas cuando intentaban superarse entre ellos al imitar lo que ellos llamaban los "movimientos de Jett".

"Entonces", Serena volvió a concentrarse en su conversación. "Tengo noticias. ¡Me han aceptado en la Universidad Otis de arte y diseño! ¡Comienzo en primavera!" Ella miró cuando Mary se congeló, luego levantó sus manos sobre su cabeza y comenzó a moverlas mientras sus "¡whoooo hoooo!" resonaban por la casa. "¡Felicitaciones! ¡Sabía que lograrías entrar! ¡Lo sabía!" Ella rodeó a Serena con sus brazos y la abrazó con fuerza.

Los chicos se acercaron al escuchar a Mary celebrar y ella sintió los fuertes brazos de Rhys rodear su cintura. "¿Le contaste?" preguntó Rhys, su voz estaba llena de orgullo. Serena había tenido dudas al comenzar a postular a las escuelas, convencida de que no era lo suficientemente buena para entrar. Rhys no aceptó un no por respuesta e insistió que postulara. Rhys la acompañó en cada paso del camino y parecía tan emocionado como ella.

"¡Sí!" Sus ojos estaban brillando y Rhys la recompensó con un beso. "Estoy tan orgulloso de ti, amor, ¡lo vas a hacer genial!" le susurró al oído, su aliento cubriendo su piel y enviándole escalofríos por todo el cuerpo. En vez de que disminuyera con el tiempo como ella esperaba, el efecto que tenía Rhys en ella se fortalecía cada día más. Y ella agradecía cada mañana cuando se despertaba al lado de su sueño hecho realidad.

Rhys y ella habían decidido mudarse a la casa de Malibú un mes después de que regresaron. Era mucho más pacífico aquí, estaban más relajados y tenían más tiempo para ellos, ese fue el factor decisivo después de la tercera vez que estaba al borde de un orgasmo y alguien tocaba la puerta buscando un baño o una fiesta espontanea comenzaba en la casa. Podrá ser la casa de Rhys, pero los chicos siempre aparecían y organizaban sus fiestas ahí. Algo que parecen haber reanudado aquí, afirmando que los extrañaban.

Aquí había mucho menos tráfico. Los chicos estaban aquí todo el tiempo y Mary y Katie visitaban seguido, pero era diferente, no había groupies, ejecutivos o abogados y las únicas fiestas que hacían eran las que de verdad querían, cuando las deseaban y con las personas que invitaban.

Bueno, estaban todos los chicos, excepto Anders. Una vez saliera, ella no tenía idea si iban a seguir con el plan de grabar desde el estudio de aquí o si Anders iba a insistir en grabar en otro lado.

Había sido muy difícil lograr que aceptara ir a rehabilitación. Finalmente, primero Rhys y los otros lograron que aceptara al rehusarse a grabar el nuevo álbum hasta que estuviera limpio. Deacon tuvo un arrebato horrible, hubiera sido increíble presenciarlo, y amenazó que la compañía discográfica los abandonaría si no comenzaran a grabar de inmediato. Como la familia que eran, Misery aguantó todas las amenazas y le dijeron que no importaba hasta que Anders aceptó ir a rehabilitación solo para "callarlos a todos".

¿Y la prensa? ¡Annie era una completa genio! La banda había anunciado que se tomaría un descanso antes de lanzar el próximo álbum, anunciando que estaban exhaustos por el ritmo que habían llevado en los últimos cinco años. De alguna forma, nadie había descubierto que Anders había sido admitido en rehabilitación. Según lo que sabían todos, él estaba de mochilero en Europa. Incluso aparecían fotografías de su viaje en su Instagram de vez en cuando.

La voz de Luc la sacó de sus pensamientos. Se levantó del sofá, estaba distraído por algo en el enorme árbol de navidad que Rhys y ella habían colocado. "¡Esa es mi cara!" exclamó Luc, examinando los adornos personalizados que ella había ordenado.

"Genial, ¿eh?" Rhys lo miró mientras seguía abrazándola. "Serena encontró un lugar en línea a la que puedes enviar fotografías de tu familia y ellos convierten las fotografías en adornos de navidad."

"¡Genial!" dijo Milo, luego de unirse a Luc en el árbol. "Nuestras caras han estado en un montón de mierdas, hermano, ¡pero esto es lo mejor!" Milo examinó los adornos con delicadeza, su cara llena de reverencia. "¡Gracias, Serena, esto es genial!" añadió él, su voz era más suave. "Mucho mejor que esos vibradores." Él soltó una carcajada y se alejó.

Serena había comenzado a conocer bien a Milo, Luc y Jett en el transcurso de los últimos meses. Ninguno tuvo una bonita infancia y ella dudaba que hayan tenido buenos recuerdos de navidad, así que ella quería crear una navidad familiar especial para ellos. Especialmente desde que Rhys le había contado que la tradición de navidad de Misery era emborracharse el 24 y permanecer así hasta después de año nuevo.

Era momento de nuevas tradiciones, así que ella prohibió el alcohol en la "nueva navidad", y sí, hubo muchas protestas, pero ella planeaba calmarlas con muchos cupcakes y bonitos recuerdos.

"¿Saben a qué hora va a venir Jett?" preguntó Milo, compartiendo una mirada con Rhys mientras se acomodaba en el sofá.

Rhys había tenido una energía extraña y nerviosa en los últimos días y aunque había estado relajado las últimas horas después de jugar con las guitarras, la energía regresó con la pregunta de Milo.

"Sí", dijo Serena, mirando su reloj. "Me escribió cuando salió de la casa, debe llegar en cualquier momento." Rhys le plató un beso en la cabeza y le susurró un suave "te amo" antes de salir. "Voy a tomar algo de aire fresco antes de que llegue", le pronunció por encima de su hombro y Luc lo siguió.

Estaba actuando muy extraño, pero ella no estaba preocupada. Rhys se lo contaría cuando estuviera listo. Ella había desarrollado una completa confianza en su relación y en él, así que confiaba por completo en él. Quizás era estúpido, pero estaba enamorada y él no le había dado razones para dudar. Él había sido honesto con casi todo el mundo sobre estar en una relación. La mayoría de sus seguidores en las redes sociales parecían felices de que él estaba feliz, pero el resto se habían convertido en sus enemigos.

Su pensamiento fue interrumpido cuando tocaron la

puerta. "Ah, ese debe ser él, Miles", le dijo a Milo, el cual asintió mientras se levantaba de su posición en el sofá. "Yo voy. ¿cómo van los cupcakes, señoritas?"

Serena giró con un movimiento exagerado mientras colocaba el último. "Listos." Ella estaba triste porque Katie no estaba aquí, pero había prometido que su cambio de planes de último minuto era importante...

Rhys y Luc habían regresado y Rhys siguió a Milo a la puerta del frente mientras que Luc regresaba a examinar los adornos personalizados en el árbol de navidad. Mary y Serena se le unieron. "¡Oh mira, yo también estoy aquí!" chilló Mary de felicidad al mirar su adorno. "Claro que lo estás, Mare. Eres como una hermana para mí, ¡lo sabes!" declaró Serena sin notar que la puerta del frente se había quedado en silencio.

Milo se movió a un lado para revelar a Jett y Anders en la puerta. Jett entró y él y Milo hablaron en voz baja mientras todos se acercaban. Rhys y Anders se miraron, ninguno hizo ningún movimiento para hablar o caminar y tampoco pelear, así que eso era bueno. Al mismo tiempo, ambos avanzaron hacia el otro e intercambiaron un largo abrazo, dándose palmadas en las espaldas como hacen los hombres. Luego se dieron un apretón de manos y sonrieron mientras avanzaban hacia el resto.

Para su sorpresa, Anders la abrazó también después de compartir otro abrazo con Luc. Mary también parecía aturdida, Anders era el último miembro de Misery que no había conocido y su expresión de asombro estaba firme en su rostro. Serena piso su piel ligeramente y su rostro regresó a la normalidad.

"Estoy feliz de que estés aquí, Anders. ¡Estoy extasiado!" anunció Rhys. "Hay algo grande que quiero hacer y me gustaría tener tu apoyo." Milo, Luc y Jett sonrieron de forma que las luces del árbol de navidad parecieron apagarse mientras Rhys ponía una rodilla en el suelo y tomaba sus manos mientras la miraba con sus hermosos ojos brillantes.

Su aliento y su corazón se detuvieron. ¿Ahora qué? Rhys... ¡No! ¡No podía ser cierto!

"Serena, mi princesa, mi ángel, mi amor. La primera vez que me arrodillé por ti no lo tenía planeado, la idea me vino en ese momento al mirar el mostrador de la cocina y se sintió correcto. Se sintió correcto al igual que cada día que paso contigo y creo que una parte de mí supo incluso en ese momento que eres el amor de mi vida. Yo sabía en el fondo que algo estaba sucediendo, que algo estaba cambiando en mí. Mi corazón casi se detuvo cuando me dijiste que sí y cada día que dices sí a estar conmigo trae algo de luz a mi alma oscura, un amor tan profundo que mi corazón siente que va a explotar cada vez que te miro y vivimos una vida con una alegría que supera cualquier cosa que haya imaginado. ¿Te casarías conmigo?"

"Sí, sí, ¡por supuesto que sí!" jadeó Serena, las lágrimas cayendo por su rostro. Rhys mostró la sonrisa más grande y feliz que tenía mientras le colocaba un anillo de diamantes personalizado en su dedo y luego le daba un beso que la encendió por completo. ¡Y él quería ser suyo para siempre!

"¡Soy la chica más afortunada del mundo!" le murmuró en los labios al separarse y luego se dio cuenta de las celebraciones de su familia. "¡No puedo creer que podremos sentirnos así por siempre!"

Rhys la miró a los ojos, todavía muy cerca. "Sentirse así por siempre", contestó él. "No es un mal nombre para el nuevo álbum, tal vez finalmente podemos comenzar a hacerlo."

EPÍLOGO EXTENDIDO – SERENA

Serena miró la pantalla digital en su mano con incredulidad. Mierda. ¿Cómo era posible que diez palabras inofensivas pudieran cambiar toda tu vida después de orinar solo porque estaban ordenadas de esa forma?

EMBARAZADA.

Serena parpadeó.

Nop, seguía ahí. Tal vez si miraba a otro lado... Nop. La palabra permaneció en la pantalla, las letras en negrita eran claras.

Su cabeza giró, sus manos temblaban y ella no podía sentir sus extremidades. Mierda.

¿Cómo había sucedido esto? Bueno, por supuesto que sabía cómo, pero no sabía cómo les sucedió a ellos. Serena tomaba su pastilla a tiempo siempre ... aunque ella estuvo enferma hace un tiempo, tal vez... ¡Ugh! Pero ya no importaba, ¿cierto? Seis pruebas positivas de embarazo no estaban equivocadas. Así que lo único que importaba de verdad ahora era cómo decirle a Rhys.

Estaban a tres semanas de la boda. Su boda perfecta en la

playa que llevaba planeando por meses. Y en la que ahora estaría embarazada. Genial.

Serena comenzó a comprenderlo lentamente mientras cubría la última prueba con papel higiénico, lo echaba en la papelera y luego lavaba sus manos. *Hay una pequeña parte de Rhys creciendo en mi interior*, pensó Serena.

Serena miró su reflejo en el espejo por un largo minuto. Sus mejillas estaban sonrojadas y sus ojos bajaron por su cuerpo hacia su mano, la cual parecía haberse dirigido de forma instantánea hacia su estómago. *Hay una pequeña parte de nosotros creciendo dentro de mí. Algo que hicimos, juntos...*

A pesar del shock, una pequeña sonrisa apareció en su cara. Rhys la amaba. Serena lo amaba. Ellos jurarían amarse para siempre frente a dios y sus familiares y amigos en solo tres semanas.

Rhys estará de acuerdo con esto, intentó convencerse ella. Incluso estará feliz.

Es cierto, ellos no habían hablado mucho sobre tener niños, solo confirmaron que les gustaría tenerlos algún día. Ahora ese algún día era ahora... *Hicimos una persona con nuestro...*

"¿Amor?" la voz de Rhys dijo la última parte por ella. Su cara había aparecido en el reflejo junto a ella, aunque Serena no lo había notado. Demonios, debía de estar verdaderamente en shock, ella siempre había podido sentirlo acercarse, sentir su presencia.

Rhys la rodeó por la cintura, la atrajo a su pecho y examinó su expresión en el reflejo del espejo del baño.

"¿Qué sucede, princesa?" Su voz era tierna y amorosa, pero sus ojos estaban preocupados.

Serena estudió su cara hermosa y perfecta y estiró su mano para pasarla a través de las suaves ondas de su cabello. Algunas veces, aunque en un par de meses cumplirían dos años de estar juntos, Serena no podía creer que Rhys la hubiera escogido, que ella llevaba su anillo, que ella podría despertarse junto a él por el resto de su vida... *llevas su bebé*, una voz en su mente le susurró mientras sus ojos se encontraban en el espejo.

Serena respiró hondo y se volteó para verlo, manteniéndose en el círculo de sus brazos.

Luego tomó su cara con sus manos y lo besó profundamente. "Rhys", respiró Serena al separarse del beso. "Tengo que..."

El sonido del timbre de la puerta del frente la cortó. Los ojos de Rhys seguían fijos en ella, pero el timbre sonaba insistente. "Maldición", susurró Rhys. "Deben ser los chicos. Siempre llegando a tiempo. Pero tú eres primero, ¿qué sucede, princesa?"

El timbre siguió sonando. Este no era el momento para decírselo, así que ella le dedicó una sonrisa, le dio un beso en la mejilla y se separó de sus brazos.

"No te preocupes, te lo diré después. En serio. Ve a abrirles a tus hermanos antes de que tumben nuestra puerta." Serena le dio una nalgada en su firme trasero antes de salirse del baño.

Rhys suspiró, parecía preocupado, pero se volteó y avanzó por el pasillo para abrir la puerta.

Serena se vistió lo más rápido que pudo, pero seguía distraída. Sus dedos seguían yendo a su estómago por cuenta propia y aunque ella sabía que no podría sentir nada todavía, ella seguía esperando sentir algún movimiento... algo que hiciera que esto se sintiera real. En su mente lo único que había era la palabra de la pantalla. Embarazada.

Para cuando terminó de vestirse y salió del closet, ella escuchó risas, conversaciones y alguien tocando la guitarra.

Sip, Misery estaba en casa. El pensarlo trajo una sonrisa a su rostro. Serena había logrado amar a cada uno de ellos, incluso a Anders. Ellos se habían convertido en sus hermanos de verdad.

"Aquí viene la novia", dijo Jett mientras ella se acercaba. "Vestida de púrpura", dijo Milo. "En serio, Sese... ¿de púrpura? ¿Qué sucede, nuestro Rhysie te tiene frustrada o algo así?"

bromeó él. Milo le había informado en la noche del compromiso que una vez que estuvieran casados, Sese pasaría a ser Sisi o mejor aún, hermanita.

Serena había aprendido a aceptar sus bromas, ahora le encantaban e incluso podía responderlas casi siempre. Pero hoy no era un día normal, así que no se le ocurrió nada ingenioso. "Rhys nunca me ha frustrado así", dijo Serena en forma protectora y rodeó su cintura con sus brazos. Rhys volvió a mirarla preocupado mientras le plantaba un beso suave en su cuello, notando sin duda su falta de ingenio ante la broma.

Los chicos estaban acostados en el patio en tumbonas debajo de sombrillas enormes. Anders y Luc tenían una taza de café, mientras que el resto tenían cervezas.

"¿Y cómo va todo, ya está todo listo, hermanita?" le preguntó Anders desde su lugar.

"Bien, gracias. Ya casi está todo listo y ahora falta esperar el gran día. ¡No puedo creer que ya casi todo está listo!" contestó ella, dejando de lado que sus pies y tobillos probablemente estarán hinchados en el futuro cercano.

¿Por qué llegaron a tiempo esta vez? Pensó Serena. Como siempre que venían a la casa, ellos planeaban quedarse por el día. La estilista de la banda vendría luego a hablar sobre sus trajes o algo así. Ella juraba que sabía de lo que hablaban hace una hora, pero ahora su mente estaba embotada excepto por la palabra que había visto hace algunas horas.

"¿Están listos? Deben estar emocionados para haber llegado a tiempo por primera vez." Ella no esperaba que su comentario mostrara su decepción, pero así fue. Ella tenía que decirle a Rhys, quería que estuviera feliz por esto. Serena intentó mantener una sonrisa maniaca en su rostro, pero estaba demasiado nerviosa por su reacción. Por supuesto, ellos ahora la conocían bastante bien e intercambiaron miradas al escuchar el tono de su voz.

Rhys la estudió con atención, tomó su mano y luego dijo, "Chicos, ustedes hablen con Liv cuando llegue, ¿de acuerdo?"

Rhys no esperó una respuesta antes de llevarla a través de las puertas del patio y de regreso al dormitorio.

Una vez ahí, Rhys la sentó gentilmente en la cama y tomó su mejilla en su mano. "Serena, amor, ¿qué sucede? Me estás asustando. Por favor." Rhys pasó su mano por su cabello y luego tomó sus manos, trazando círculos en sus palmas con sus pulgares y mirándola atentamente a los ojos.

"Uhm... No sé por dónde comenzar. Yo, uh... No, estoy muy segura." Serena intentó encontrar las palabras, pero la mirada de angustia en sus ojos la hizo decidirse. "Estoy embarazada, Rhys."

Rhys se quedó quieto. Su boca se abrió y sus ojos se abrieron. Serena casi podía ver los engranajes en su cabeza trabajando. Ninguno de los dos respiró en ese momento.

"¿Estás embarazada?" susurró Rhys sin poder creerlo. "¿Vamos a tener un bebé?" Su expresión era indescifrable.

"Según seis pruebas de embarazo, sí... vamos a tener un bebé, Rhys." Ella apretó sus manos congeladas.

"Pero nosotros... tú..." Por primera vez desde que lo había conocido, Rhys Grant se había quedado sin palabras. Un segundo después, en su rostro apareció una sonrisa enorme y le dio el abrazo más fuerte hasta el momento y luego la besó desde su cuello hasta llegar a sus labios. La besó con fuerza, dejándola sin aliento y despertando esa sensación familiar en su cuerpo. Rhys separó el beso para exclamar de repente, "¡Vamos a tener un bebé!"

Luego la jaló de nuevo y la besó como si su vida dependiera de ello. Lo próximo que supo es que sus ropas estaban apiladas en la cama, sus cuerpos mezclados y él estaba en su interior, creando esa presión deliciosa dentro de ella.

Cuando finalmente recuperaron el aliento, él besó un camino hasta su estómago y descansó su cabeza ahí. La tocó ligeramente con su dedo, como si estuviera tocando un micrófono para ver si estaba encendido. "¿Estás ahí, bebé Grant? Soy tu papi, reportándome."

Fue un gesto simple, pero llenó su corazón por completo. Serena podía sentir las lágrimas cayendo por su rostro, pero no se molestó en limpiarlas.

"¿Esto es real?" le susurró a ella, sus ojos brillaban llenos de felicidad.

No sabía lo que estaba esperando de él, pero esto era mejor. Mucho mejor. "Creo que sí, tendré que ir al doctor para asegurarme, pero no creo que seis pruebas estén equivocadas", susurró ella.

"Te amo, Serena." Su mirada era más brillante que el sol mientras la miraba, luego colocó su mano en su estómago y bajó su cabeza para decir, "Y a ti también, bebé Grant" dijo Rhys mientras acariciaba su estómago con sus dedos.

"Siempre tienes cuidado con tu pastilla, cómo..." comenzó a decir él.

"No estoy segura, tal vez cuando estaba enferma cuando regresaste... los antibióticos o algo así..."

"¿Cómo te sientes? Mierda, ¡debí haberte preguntado eso primero! ¡Lo siento tanto, princesa! Esa debió ser mi primera pregunta..."

"No, bebé. En serio. Estoy bien. Lo entiendo. Esto es una gran sorpresa. Y me siento bien. Normal. Me tomé las pruebas esta mañana porque nunca me he retrasado una semana, pero pensé que era el estrés de la boda y la escuela y todo. Solo quería asegurarme, pero nunca pensé que..."

"¿Entonces cuál es el primer paso?" Tal vez era el shock más grande de una vida, pero su Rhys ya estaba controlado. Listo para ocuparse de ella, tal como prometió cuando comenzaron a estar juntos.

"Uh... probablemente ir al doctor." Sus palabras apenas dejaron su boca cuando él ya estaba hablando por teléfono, todavía desnudo y ordenándole a alguien que le fijara una cita.

"Listo", dijo Rhys, volviendo a colocar su teléfono en la mesita. "La doctora vendrá en una hora." Rhys la jaló y la volvió a besar.

"¿Tan fácil?" Serena pensó que nunca dejaría de maravillarse del poder que tenía este hombre al alcance de sus dedos cuando decidía utilizarlo. Algo que no sucedía seguido, pero demonios... cuando lo hacía...

"Así es. Estar prometida con una estrella de rock tiene sus ventajas, princesa." Rhys sonrió mientras le daba un beso en la frente. "En ocasiones somos mejores para algo más que follar y los doctores están acostumbrados a nuestros pedidos inmediatos. Aunque no siempre para buenas noticias." Rhys le dedicó una sonrisa divertida mientras se colocaba su ropa interior y le daba la suya a Serena.

"Sabes que tendremos que decirles, ¿cierto? Nunca nos dejarán tranquilos hasta que lo hagamos." Rhys hizo un ademán hacia el patio, pero sus ojos estaban brillando de emoción y no podía dejar de sonreír.

Ellos decidieron que era mejor esperar a la doctora antes de decir algo, pero ninguno de los dos iba a poder mantener la boca cerrada si los veían, así que Rhys le escribió a Milo para decirle que dejara entrar a la doctora cuando llegara y apagó su teléfono antes de que llegara la respuesta.

Serena no quería saber lo que estaban pensando, así que se acostaron en la cama y buscaron artículos de embarazo y de bebés, besándose de vez en cuando mientras esperaban a la doctora.

El rostro de Rhys formó una mueca al ver un video en YouTube sobre cambiar pañales, sus dedos se movían en el aire justo cuando tocaron la puerta. "Rhys, Serena, la doctora está aquí." La voz preocupada de Milo sonó a través de la puerta, una voz muy diferente a su voz confiada y estruendosa.

Hubo varios susurros detrás de la puerta antes de que se abriera y entrara una mujer alta, con cabello totalmente gris. La doctora cerró la puerta detrás de ella. Rhys y Serena se levantaron para saludarla mientras ella los miraba a través de sus anteojos.

"Señor Grant, señorita Woods", ella le asintió a cada uno.

"Comprendo que necesitan una cita urgente e inmediata. ¿Cuál es el asunto tan urgente que no puede esperar a una cita mañana en mi oficina?" Sus labios formaron una línea delgada y la expresión que tenía le recordaba ligeramente a su maestra de matemáticas de la secundaria cuando sabía que no habías hecho tu tarea.

Serena se encogió un poco e intentó esconder su cabeza en el hombro de Rhys y en su cabello, sin embargo, Rhys la miró directo a los ojos y encendió su encanto, dedicándole una enorme sonrisa. "Bueno, mi prometida se tomó una prueba de embarazo esta mañana", explicó Rhys. "Seis", interrumpió Serena con suavidad, todavía escondiéndose en su cabello, "Me tomé seis". Rhys se rio y se corrigió. "Se tomó seis pruebas de embarazo y quería una cita con el doctor para confirmarlo. Nos vamos a casar en unas semanas, así que tenemos poco tiempo." Rhys mantuvo su encanto encendido, pero mantuvo su mirada fija en ella. "Apreciamos mucho que haya podido venir hasta aquí, pero me temo que no podía esperar a una cita. Estoy seguro de que comprende."

Incluso la formidable doctora parecía un poco sonrojada por su mirada y por su tono. "Bueno, es una buena emergencia", declaró ella mientras bajaba su mochila y comenzaba a revisarla, preguntándola a Serena sobre el último día de su periodo y sacando un montón de cosas de su mochila de Mary Poppins.

Una hora después, la doctora cerró la puerta detrás de ella mientras Rhys y Serena se quedaban aturdidos en la cama. Lágrimas silenciosas caían por su cara mientras sus ojos encontraban los de Serena y Rhys secaba sus lágrimas con su fuerte mano y con una sonrisa en el rostro. "¿Esto es real? ¡Esto está sucediendo! ¿Un bebé?" Rhys besó su mano y luego dejó de sonreír. Luego se levantó de la cama, elevó su puño en el aire y comenzó a atraerla hacia él.

"¡Y son dos, al parecer!" exclamó Serena, sus lágrimas seguían cayendo. Ella saltó en sus brazos, rodeó su cintura con sus piernas y lo besó profundamente, la felicidad que estaba sintiendo estaba reflejada en sus ojos ardientes.

"Sí... mierda... ¡Dos! ¡Sé que no lo estábamos planeando, pero esta tiene que ser la mejor noticia!" bromeó Rhys y luego le sonrió. "Claro, además de cuando aceptaste ser mi esposa."

Serena estaba más avanzada de lo que esperaba. La doctora declaró unas nueve semanas, aunque ella no tenía idea cómo había logrado pasar tanto tiempo sin notar nada. Sin embargo, la doctora le había asegurado que no era extraño, especialmente durante tiempos ocupados, como la planificación de una boda, la escuela, la gira de Misery, las presentaciones y todo eso.

Después de que su nuevo álbum fue lanzado, la banda estaba obligada a salir de gira, pero Rhys había logrado que el mayor tiempo que estuvieron separados fueron tres semanas cuando la banda estaba en la gira en Asia. Fue un infierno, pero hablaron muchas veces al día, se enviaban mensajes constantemente y hablaban por Skype al menos una vez al día.

Cuando estaban juntos se pasaban la mayor parte del tiempo en la cama. Serena se había enfermado justo antes de que la banda regresara de Asia y todavía no había terminado con los antibióticos que le habían recetado cuando ellos regresaron dos días antes de lo planeado, aparentemente habían acordado todos que pasar un día más en entrevistas con un Rhys de mal humor los mataría. Así que empacaron, le trajeron a su hermoso esposo de regreso y afirmaron que nunca volverían a llevárselo sin ella por tanto tiempo. Ellos organizaron que las entrevistas se realizaran por Skype y otros medios electrónicos y eso había sido todo, hasta ahora.

Parece que la plaga se la había contagiado Mary, bueno, en realidad se había contagiado cuando Mary estaba viviendo con ella, ya que se había rehusado a dejarla sola mientras Rhys estaba lejos. La plaga y los antibióticos que había tomado para curarse le habían dejado un regalo... *sus pequeños milagritos...*

Rhys pasó sus manos por su cabello y seguía sonriendo como un loco. "¿Lista para enfrentar a la banda, amor?"

"Vamos a sacarlos de su... ¡Olvídalo!" Rhys pasó su mano por su cabeza y se rio un poco. "Milo sonaba muy preocupado cuando dejó entrar a la doctora, apuesto a que se están imaginando lo peor."

Rhys tomó su mano y la llevó al patio. Completamente diferentes a lo habitual, cada miembro de la banda estaba sentado en los muebles, pasándose sus manos por sus cabellos con nerviosismo. Anders estaba agarrando su cabeza con sus manos y mirando un hoyo en una esquina y Luc estaba con una guitarra, pero no estaba tocando las cuerdas, parecía estar sosteniéndola para mantenerla derecha.

Apenas los escucharon acercarse, ellos se levantaron como uno y los rodearon. Milo soltó un suspiro de alivio cuando miró la cara de Rhys. Luego los demás se dieron cuenta de que estaban sonriendo, no lloraban ni lucían devastados. De hecho, Serena estaba segura de que su felicidad podía ser vista hasta desde LA.

Anders los miró detenidamente y luego su cara se iluminó. "¡No puede ser!" exclamó Anders. "¡No puede ser!" Sus labios mostraron una enorme sonrisa cuando Rhys asintió. Anders avanzó y los abrazó a los dos al mismo tiempo mientras le daba palmadas a Rhys.

"¡Felicitaciones, hermano! Nunca pensé que serías el primero, ¡pero lo vas a hacer genial!"

"¿Qué sucede?" preguntó Luc. "¿Está bien? ¿Por qué los felicitas?"

"¡Serena está embarazada!" Dijo Milo mientras lo descifraba y se unía al abrazo. En segundos estaba siendo abrazada por cada uno de ellos y al deshacerse de toda la preocupación e inseguridad, todos comenzaron a reírse y a felicitarlos, luego regresaron las bromas.

Jett había tomado la decisión ejecutiva de cancelar la estilista cuando Milo había recibido el mensaje de Rhys sobre la doctora y la habían reprogramado para la mañana siguiente, Luc había llamado a su hermana y Mary para alertarlas que tal vez necesitaría algo de apoyo femenino.

Serena estaba tan conmovida por los gestos que comenzaron a caer lágrimas por sus ojos. Aunque probablemente eran las hormonas del embarazo...

Rhys aclaró su garganta mientras Anders regresaba con una copa de champán sin alcohol y seis copas de champán. "Sí, Serena está embarazada", pausó Rhys. "¡Con gemelos!" anunció él. "O al menos la doctora está segura de que son gemelos." Esto ameritó otra ronda de felicitaciones justo cuando sonaba la puerta.

"Yo voy, estoy segura de que son las chicas", dijo Serena mientras se apresuraba hacia la puerta, soltando la mano de Rhys por primera vez desde que salieron de la habitación.

Serena encontró las miradas preocupadas de su hermana y mejor amiga cuando abrió la puerta. Ambas la abrazaron al mismo tiempo y hablaron al mismo tiempo. "Lo que sea que esté sucediendo, Serena, estamos aquí para ti. Todo el camino", dijo Mary, todavía sosteniéndola.

"¿Qué dijo la doctora?" dijo la voz de Katie, estaba al borde de las lágrimas. Serena se separó de ellas y ambas miraron la enorme sonrisa en su cara. "Estoy embarazada", anunció ella mientras Rhys se aproximaba a la puerta. Las dos se quedaron boquiabiertas al mismo tiempo, luego soltaron gritos mientras la abrazaban, luego a Rhys y luego todos estaban saltando emocionados.

"¡Voy a ser tía!" chilló Katie. "¡Voy a consentir tanto a ese niño!" Katie había comenzado su trabajo y parecía amar gastar su dinero tanto como el de sus padres. Rhys volvió a aclarar su garganta. "Niños, en realidad. Dos."

"¿Qué?" Mary la miró atónita. "¿Vas a tener gemelos?" preguntó la voz sorprendida de Katie.

Luego ambas estaban corriendo con los brazos al aire y chillando lo más fuerte que podían.

El resto de Misery apareció en la puerta del patio y observaron la escena que ahora se había trasladado al salón donde habían estado abriendo y sirviendo champán bajo las sombrillas del patio.

"Chicas, hermano", le murmuró Jett a Anders mientras miraba el baile divertido que había comenzado.

"Sí, chicas... es una locura, hermano", murmuró Luc, antes de que apareciera una mirada traviesa en sus ojos y se uniera al baile.

Milo rugió de risa al ver los movimientos de Luc y luego se les unió. "¿Creen que esos son movimientos?" dijo mientras les elevaba las cejas. "¡Les mostraré cómo se hace!"

Jett se rio y se acercó hacia el equipo de sonido, seleccionando una estación de música pop que estaba tocando un tono animado y luego comenzó a mover sus caderas de forma salvaje y con los brazos al aire, burlándose de los movimientos de las chicas.

Para no ser superado, Milo se tiró al suelo, intentando un breakdance y ocasionando las risas de todos.

Serena jaló a Rhys y comenzó a bailar a su alrededor, el ánimo eléctrico de la habitación la embargó. Rhys le elevó una ceja con una expresión divertida, pero movió sus caderas al ritmo y luego comenzó un solo de guitarra espontaneo.

Una vez que su pequeña fiesta terminara después de algunas canciones, todos colapsaron en los sofás del patio, cansados y riéndose y aceptando las copas de champán sin alcohol que estaba repartiendo Anders.

"¡Oh dios mío!" gritó Katie, "¡tu vestido! ¡Tienes que llamar a la diseñadora de inmediato! ¿Qué pasa si estás enorme para entonces?"

"Es en tres semanas, K. No creo que suceda tan rápido", respondió Serena.

"Igual", insistió Katie. "Deberías decírselo."

"Tienes razón, se lo diré en la mañana cuando los chicos estén ocupados con sus trajes. ¡Hoy vamos a celebrar!"

Los chicos le voltearon los ojos a Katie, pero luego comenzaron a apostar sobre los sexos de los bebés y luego pasaron a debatir sobre las implicaciones de tener bebés en un autobús de giras.

Las próximas semanas pasaron en un instante, fueron puras charlas sobre boda y bebés, ubicaciones de las mesas e investigaciones sobre partos naturales o por cesárea, decidir los sabores y escoger una guardería. ¡Había que hacer un millón de cosas antes de la boda!

La madre de Serena y ella habían comenzado a hablar ocasionalmente desde el compromiso. Aparentemente, Rhys le había pedido permiso a su padre para casarse aunque ellos no estaban hablando en ese entonces.

Aparentemente, Rhys también le había informado a su padre que le pediría matrimonio así él no lo aceptara, pero por la felicidad de Serena y cualquier papel que ellos pudieran tener en el futuro, él estaba arriesgándose al pedir permiso.

Su relación seguía mal y Serena no los había visto mucho, pero según Katie, su padre había aceptado a regañadientes e iban a asistir a la boda. Su padre la iba a llevar al altar, eso fue un logro de Rhys.

Era algo surreal mientras Katie bajaba su velo y Mary arreglaba el borde de su vestido. Dos damas de honor y cuatro padrinos, pero a quién le importaba... a ella no. Las mariposas en su estómago parecían estar turnándose para revolotear en su estómago, pero ella no podía dejar de sonreír.

"¿Lista para convertirte en la señora Grant?" preguntó Katie, limpiándose una lágrima de sus ojos al mirarla con su vestido y velo. Eso hizo que se sintiera real. Su boca se secó. ¿Señora Grant? ¿Cómo? Serena seguía maravillada que el hombre más apuesto, sexy, divertido e increíble que existía estaba por convertirse en su esposo y era el padre de sus hijos no nacidos.

Katie había hecho una llamada a la diseñadora de inmediato. Ella era una de las diseñadoras más buscada en la industria y había estado muy emocionada de que Serena estuviera en la escuela de diseño. Después de las primeras reuniones, ella había declarado que Serena era su cliente favorita porque sabía apreciar su trabajo, pero casi le dio una hernia cuando se enteró del embarazo de Serena. Pero se recuperó y se aseguró de que el vestido fuera absolutamente perfecto.

Un golpe en la puerta atrajo su atención en ese momento. "Es hora, Serena." La voz ansiosa de su padre atravesó la puerta.

El fotógrafo se alejó cuando Mary abrió la puerta y su padre pudo mirar por primera vez a su pequeña en su vestido de bodas. Sus ojos se llenaron de lágrimas y la abrazó. "Oh, cariño, todo lo que he querido es que fueras feliz. Puedo ver que lo eres ahora." Murmuró en su oído mientras se abrazaban, "será mejor que te cuide, mi bebé."

Las lágrimas aparecieron en sus ojos al escuchar sus palabras, pero ella las aguantó. Rhys la esperaba… no podía perder tiempo retocando su maquillaje.

Serena avanzó por el camino que llevaba hacia la playa y se detuvo para permitir que Katie y Mary avanzaran mientras comenzaba la música para avanzar hacia el altar. Rhys y Serena habían decidido que su hogar en Malibú era el lugar perfecto para una boda íntima en la playa y sus muebles habían sido removidos para permitir la instalación de un camino hermoso hacia el altar, que atravesaba el patio, la piscina y llegaba a la playa.

La playa donde se encontraba su esposo y su futuro. Serena agarró fuerte el brazo de su padre. Respiró su aroma familiar, combinado con el aroma del océano y su hogar mientras lo llevaba hacia Rhys. "Te amo, papi", susurró ella.

"Y yo a ti, pequeña. Espero que siempre te tenga así de feliz", susurró él mientras giraban una esquina y finalmente podía ver a Rhys.

Su estómago se revolvió cuando finalmente lo vio dándole la espalda al océano en un traje claro. Sus ojos estaban abiertos y brillantes y su cabello se movía con la suave brisa. Apenas la vio, sus ojos se fijaron en ella y se quedó totalmente tieso. Anders, Milo, Jett y Luc estaban a su lado, todos estaban apuestos y arreglados, pero su visión estaba enfocada en él. Rhys era todo lo que podía ver, ambos eran lo único que existía y de repente no podía esperar para llegar a él. Serena no pensó en nadie más, no miró a nadie más, hasta que su padre le dio un beso en la mejilla y colocó su mano en la de Rhys.

Mientras miraba sus ojos brillantes, ella solo sabía algo con seguridad. Amaba a este hombre, lo amaba tanto que dolía y de alguna forma milagrosa, él la amaba de igual manera.

EPÍLOGO EXTENDIDO – RHYS

Mierda, es hermosa. Ese pensamiento consumió su mente mientras su hermosa novia caminaba por el altar hacia él. Rhys no podía enfocarse en nadie más, Serena era todo para él. Había estado consumido por ella desde que la conoció, su inocencia y el sentido de la normalidad que trajo a su mundo de mierda lo atraían como nunca lo hubiera podido imaginar.

Por años, su guitarra y sus hermanos eran lo único que le importaba, lo único por lo que se preocupaba, hasta que Serena llegó a su vida.

Fue algo lento al comienzo, pero Rhys siempre supo que esta mujer era diferente, que ella lograba que él quisiera ser el hombre que él nunca supo que quería ser, incluso mientras arruinaba las cosas con ella una y otra vez. Y ahora Serena estaba por convertirse en suya para siempre. La chica que comprendía sus bromas estúpidas, que comprendía sus raros estados de ánimo, que disfrutaba tanto sus películas favoritas de Marvel que él tenía que evitar que las viera una y otra vez, la única mujer que lo había visto por lo que era en realidad y lo amaba de esa forma.

Y ahora también era la madre de sus hijos no nacidos. Las

noticias habían sido un shock para Rhys. A él no se le ocurrió ni por un segundo que fuera eso lo que iba a descubrir esa mañana, pero apenas se lo dijo, su vida había ido a otra dimensión. Una en la que viviría para siempre, dejaría algo superior a él e incluso a su música Rhys Él nunca había pensado en los niños, pero en ese momento les rogó a los dioses que las pruebas fueran correctas y así poder tener la oportunidad de hacer por sus hijos lo que sus padres nunca hicieron por él.

Mientras su padre colocaba su mano temblorosa en la suya y se miraron, nada en este mundo parecía tan correcto, ni siquiera estar en el escenario o su guitarra, Serena era su mundo, su hogar, y de alguna forma, ella sentía lo mismo por él y ahora la podría tener a su lado por siempre.

OTRAS OBRAS DE JESSA JAMES

Chicos malos y billonarios

La secretaria virgen

Estreméceme

Leñador

Papito

El pacto de las vírgenes

El maestro y la virgen

La niñera virgen

Su virgen traviesa

Club V

Esstrato

Desatada

Al descubierto

Libros Adicionales

Suplícame

Cómo amar a un vaquero

Cómo abrazar a un vaquero

Por siempre San Valentín

Anhelo

Malos Modales

Mala Reputación

Bésame otra vez

Ardiente como el infierno

Finge que soy tuyo
Falsa prometida
Dr. Sexy

ALSO BY JESSA JAMES

Bad Boy Billionaires
A Virgin for the Billionaire
Her Rockstar Billionaire
Her Secret Billionaire
A Bargain with the Billionaire
Billionaire Box Set 1-4

The Virgin Pact
The Teacher and the Virgin
His Virgin Nanny
His Dirty Virgin

Club V
Unravel
Undone
Uncover

Cowboy Romance
How To Love A Cowboy
How To Hold A Cowboy

Beg Me
Valentine Ever After
Covet/Crave
Kiss Me Again
Handy

Bad Behavior

Bad Reputation

Dr. Hottie

Hot as Hell

Pretend I'm Yours

Rock Star

Capture

Control

HOJA INFORMATIVA

FORMA PARTE DE MI LISTA DE ENVÍO PARA SER DE LOS PRIMEROS EN SABER SOBRE NUEVAS ENTREGAS, LIBROS GRATUITOS, PRECIOS ESPECIALES, Y OTROS REGALOS DE NUESTROS AUTORES.

http://ksapublishers.com/s/c4

ACERCA DEL AUTOR

Jessa James creció en la Costa Este, pero siempre sufrió de un caso severo de pasión por viajar. Ella ha vivido en seis estados, ha tenido una variedad de trabajos y siempre regresa a su primer amor verdadero, escribir. Jessa trabaja a tiempo completo como escritora, come mucho chocolate negro, tiene una adicción al café helado y a los Cheetos y nunca tiene suficiente de los machos alfa sexys que saben exactamente lo que quieren y no tienen miedo de decirlo. Las lecturas de machos alfa dominantes y de amor instantáneo son sus favoritas para leer (y para escribir).

Inscríbete AQUÍ al boletín de noticias de Jessa
http://bit.ly/JessaJames

www.ingramcontent.com/pod-product-compliance
Lightning Source LLC
LaVergne TN
LVHW011818060526
838200LV00053B/3830